那麼熱，那麼冷

王定國

目次

三十年老友，第一次來到舍下，看著窗外的簇亮樓群，聽見書房露台的潺潺水聲，回過頭說，你不可能再寫了吧。老友是初安民，兩年前的夏天。

那個夏天直到現在，五篇小說陸續交卷，登在他的《印刻文學生活誌》；熬夜之間容或得到了雪恥的快意，但也其實難掩一個停筆休耕的作家慚愧的感傷。

雖然沒有全職堅守文學的宿願，全世界卻也少有像我背後這樣的身影，倘若讀者想要瞭解這樣的人何故強行躋身文學世界的孤寂，不妨從最後面的對談錄開始進入這本書。倘若你還是堅持從第一頁開始，也能想見你對閱讀的執著令人感佩，只是要到多少年之後，我們才因為瞭解而成為知音。

——王定國

（推薦序）

是那麼美好

賴香吟

讀王定國小說，愈來愈讓人必須中斷，停下來。不是因為不好看，是得停下來喘口氣，文字帶情波湧，點點滴滴一路上漲，險險難以過氣。工筆描寫太精準，三言兩語到位，宛若被掐住無法說出口的什麼，或被打翻心底痛而塵封的什麼；小說的折磨與給予，王定國深諳其道吧，折磨自己也折磨我們，建築他的秩序同時拆解你的秩序，可我們同時都被給予了，如果懂得。

關於王定國（一九五五），多年來，就是那幾行簡單敘述，我知道的沒有比那幾行更多，甚至遲了時光。七〇年代的早慧王定國，八〇年代的建築商王定國，我因文學閱讀起步晚而不得知，九〇年代憂國者王定國，也因我在國外而錯過，真正閱讀王定國已經很遲，遲至他已度過所謂「將近二十年沒有寫過一篇小說」的歲月，《美麗蒼茫》、《沙戲》裡的故事，流水般、素描般，留下了舊時生活的餘味，又有那麼點不同於時人的孤高，和那時期一起斷斷續續讀著的郭松棻（一九三八），以一種稀疏的輪廓，無伴奏的孤獨，吸引了我：要有多少堅持，才能克服舞台上的空曠無情，繼續專心且深情地演奏下去。

氣息野野，梅雨乍歇，夏蟬初唱，寂寞的心躺在長凳上掩著草帽睡著了；在他的夢裡，他最深的清醒裡，不快樂並不會痛苦，痛苦也未必不快樂。有人湊近耳畔，狠毒而無理解地說：「我要像你這樣，不如去死。」然而，「我強烈感覺若要活下去，就把自己的故事寫出來吧。」我曾疑惑，再怎麼不堪的環境，那寂寞之心日日摩挲出來的，總該有些微薄而永遠溫柔的美；俗民俗事，除了刻板戲謔，哀哀自憐，可有其他寫法？難道，文學之於我們注定奢侈？真正沒有人幫我們寫出來？張文環（一九〇九）〈夜猿〉以降，鍾理和（一九一五），鄭清文（一九三二），陳映真（一九三七），愈來愈稀疏，有些路也偏了，文學浪潮滾滾，我們難免只能捧讀那些撲面而來的，直到，冷寂角落，我讀到王定國文字裡的山路、溪流、花事、絲瓜藤、山芹菜、苦花魚：一種「非常孤獨寂寞非常忍辱負重的魚種」，我醒了，感到非常愉快，郭松棻與王定國，讓我想起陳映真，卻也告別了陳映真，敏感、美好而堅韌的心靈一直都在，有人接棒陳映真走向了不同的路途。

「雨一直沒下，但遠方有響雷，她用傘尖扣著碎石的滑坡，聽來很像一隻母雞啄著泥地的穀粒，很久沒有聽過這樣的聲音了，我不禁也扣扣扣地學著她走了下去。」日日包圍的地景人文，被小說家的視線切鑿出動人、無言以對的深度。王定國明明擅長帶我們抵達抒情抽象之境，然而，他的小說世界裡沒有飄渺，沒有西化，就連戲謔也不多，對話溫潤，低調的美，愈俗常裡愈見悲憫：

剛剛看到你爬著小路上來的樣子，我就知道你有心事。

小說家細細碎碎，分解自我活在諸多日常生活細節裡：扒飯、洗碗、賭牌、倒垃圾，苦海茫茫，「妳遇過最快樂的事嗎？」「妳在害怕什麼？」「出院後誰來接妳回家？」一切平常的，配對了音，旋律便動了心。一切真的，寫進文字裡，成了虛的，虛反倒使真更顯露出美。王定國總是精細，但他從來沒有不要俗味，愈俗愈好，他從俗裡看出傷來，看出雅來，看出荒謬，看出面對面的醜陋來。王定國愈近期的小說愈在證明他沒有被打倒，小說家既得敏感，又不能被萬事萬物之醜陋與荒謬打倒，一打倒就什麼也沒有了。「人性再怎麼卑劣都能挽救」，王定國寫過如此一句，偉哉斯言，要何等信守文學才能講出這種話。

有時我這樣想：過早寫作的人，恐怕不單純是他在寫文字，而是文字如領路人，領他以文字決定的方式而見世界。文字老熟而強勢地凌駕於年輕的身體，選中你、穿過你如容器、如統治、如戀人，使人難免懷疑反叛，想用別的方式證明自己，然而逃無可逃，揮之不去；直至活到與它同老，看穿它老熟的道理，明白它並非宰制而是等待，才可能塵埃落定，回到寫作的和諧。十七歲開始寫作，中年以小說復筆的王定國曾說：「摸過文字的人都能體會，生活再怎麼多樣，到後來還是僅有文學讓他魂牽夢繫。」魂牽夢繫，不像王定國會用的詞，但歷經金錢、政治與人性的熱情與黑暗，掉轉回頭，也許就是這樣簡單的覺悟。

復筆第一作《沙戲》明白是個高分的補修（王定國：「回來補修文學，是因為突然覺得自己無處可去。」）一直以來，我在等第二本。近年陸續發表的單篇，絕少讓人失望，王定國自己的尺那麼嚴格。若說散文家王定國有一種除不去的誠實浪漫，那麼，小說王定國非常警醒，建築工藝般的秩序，幾乎找不到贅字或虛字，有些時，我覺得他簡直是用文字作畫，粗細、濃淡、遠近都有安排，甚至連情境音韻都顧到，將文字做到一種翻譯外語難以探觸的情懷與美感。

這些新作看似現了點輕鬆，其實是愈寫愈上手，煉成了精。經驗的組接、敘事的語氣、情感之虛實倒錯，人生因因果果，沒有什麼不可打散重煉。一個重煉的人，重煉的文字美學，如果說，「生命裡終會有個最準確的時刻讓他抵達」，王定國讀起來愈來愈接近那裡。以〈我的杜思妥〉、〈那麼熱，那麼冷〉來說，王定國愈發冷靜如同一塊冰，冰到彷彿連痛覺也冰凍了，沒有眼淚，沒有血跡，頂多來幾句嘲諷，給讀者透透氣，要不就是毫不留情地，將餘戀、幻想在幾個字之間全部捏碎——這個作者是賭徒吧？賭你敢不敢逆勢下注，賭你懂不懂千金散盡，賭你還有多少優雅溫柔的籌碼？明明明寫得這樣鬆，情感卻那麼稠密，明明沒有場面，情慾卻紛擾不已，種種發洩、放縱、手段、求救、撫慰、騙不了自己的愛的困境，對，王定國從來都在寫關於愛，儘管故事讀起來那麼無愛而孤獨，儘管那麼熱，卻是那麼冷。

這些年，包括陳雨航（一九四九），林宜澐（一九五六），幾位台灣小說界我喜歡的男性前輩，紛紛回到寫作的路上來，再加上王定國，真是令人振奮。雖說文學潮流一路向前，新世代創造力值得觀察，可我更感激於前行者加入流變，寫出既新也老的作品，因為那是一個點燈作用，文學暗夜行路，前方若有美好的背影，非但不落俗套，還有一種自己到不了的澄明，何等感激，有人懂得，有人走過，寫作並不孤獨。

「緩開的茶花是種來等待的」，王定國寫茶花總不厭倦，眾聲喧嘩，他們不動搖，我們也不動搖，安安靜靜跟著走，不會錯的。

注：標題引自王定國同名小說，後改名〈某某〉，文中引文來自〈我的杜思妥〉、〈苦花〉、〈那麼熱，那麼冷〉、〈沙戲〉。

（推薦序）

好MAN的強悍虛構

周芬伶

用書寫對抗脆弱的現實，現實恰如雲煙，雲煙般的人生，撥開之後，會不會只餘一抹冷笑？

不知道定國是否記得我們曾有一面之緣，二十幾年前，剛出完第一本書，在台中的茶藝館，希代的主編約我談書，臨時不能來，找來王定國當替身，長得斯文偏瘦像個中學老師，話不多的他，一定很為難；我心想怎麼有人有這種傻氣與義氣幫朋友代打，最後書沒談成，否則我可能是紅唇族元老。

其時他已是中部建設公司的老闆，十七歲就寫小說的他同時擁有文人與商人的身分，因此他有一種抽離性與複雜性，他先是深藏不露的作家，再來是深藏不露的商人，現在遠離塵囂，蒔花釣魚過著半隱居的生活，藏得更深，不露的更迂迴，二〇〇三年復出後的作品，演化他的孤獨美學與詭譎的商戰：〈苦花〉中一個到山中溪釣的男人，被發現死在河流中，各方以為是自殺，其實他是為釣到苦花不慎失足；〈黑影〉中兒子陪著賭鬼拐腳父親去討債，發現債主正要出殯，父親不但沒討到錢，還把全身所有包作奠儀；〈沙戲〉中曾經叱吒商場的建商老闆，因景氣急衰被銀行坑殺，而成為路邊賣果汁的小販，出入都戴著鴨舌帽不敢見人……，許多篇小說常以主角的大哭作結。原來二十幾年的商戰，如影似花，譬如以沙作戲，作品的氣氛經營與人道關懷令我想到陳映真、郭松棻那代的小說家，然而那時他也才四十幾，正當創作的黃金時期，事業也在巔峰上，為什麼如此早衰而悲愁？

九二一毀了許多生命，也毀了很多人的事業，在《美麗蒼茫》與《沙戲》書後的訪談中，得知他在被綁架的過程中，仍從恐懼中抽離企圖主控全局。他的抽離性與複雜性也可能轉化為分裂性，我曾看過他推出的建築，驚人的氣派，典雅的繁複裝飾，之後在作品中讀到的世界則是清冷與哀愁，這種反差也出現在他的作品中。如〈囁嚅〉中的范康夫妻，兩人因相親結婚，過著平靜的夫妻生活，未生育的范康太太在丈夫的日記中發現一行可疑的文字「終於在黑暗的世界找到你，今天中午，電話中」，她的淚水淹沒字跡，認為丈夫從未愛過她，因而日漸憔悴病死，實情是教書的范康教到暗戀的女人孩子，特別照顧著這孩子，讓太太誤以為是偷生的孩子，而他的懦弱只換來她一通電話「我是新凱的媽媽——」，一個連手都沒碰過的女人，因著他的癡念而付出莫大的代價。純情與幻滅，美麗與悲劇，常是他小說中重要的對比與反差，所有的嘲諷與戲劇衝突由此而生。

有時也俗麗得驚人，如〈孤芳〉中，流鶯的女兒成為高級妓女，他描寫著：「那種瞬間解脫的快樂她體會不到，也不想體驗快樂到底是什麼？汗流浹背的男人明明衝刺得喘不上氣，也要趴在耳畔噓寒問暖：你有爽麼？你有歡喜莫？有爽你就講！緊講有爽！有時她只好虛喊兩聲應應急，甚至配襯幾句不容置疑的尖叫聲。時常因為這樣，使她想起像她這個年紀就離世的父親，下葬那天她被後面一隻大手壓下，強迫她把頭磕在草地上，道士每念一串吉祥話，她便喊一聲有。」也許性就是這般俗麗不可能清越，然他有時出現輕點神比，「雪的身體，雪的靈魂，如同一隻手掌的雙面，都在我身上擁有了。我是這麼想的。」此時期的作品充滿人間煙火味，戲劇性與情節都絲絲入扣，這就是他說的：

小說與建築，前者如履薄冰，情境的書寫成為探險者的天堂；後者則常因為玩得過火，很多人都跌落地獄。九二一地震之夜，台中許多建商朋友的建築物應聲而倒，那時我才深深體會到，小說的虛構遠比鋼筋水泥要強悍多了。

事後他在南投蓋別莊，溪釣成為他最長久的嗜好，最佳紀錄是二十八公分的大苦花。原來他把自己寫進小說，而且寫死了，虛構這一切並藉此抽離。溪釣與海釣也許並無不同，都是專注與等待的藝術，感覺上溪釣更是孤獨而厭人的。他書中的男主角常具有《大亨小傳》蓋茲比情結，極盡一切追求成功，內心卻有著永恆的戴西與傷痕。

他是很難斷代與定位的作家，七〇年的早期寫作，沒搭上鄉土熱，卻精潔好看，錯會的愛情與軟弱男性的懊悔最是令人印象深刻，他真的很會寫女性，單向的愛情；八〇、九〇停筆二十五年，沒搭上後現代的魔幻與後設，二〇〇三年再出發，保留了人道寫實主義的神髓（雖然那時大家都很魔幻與後設），他搭建的古典宏偉建築倒了，在小說中可以看到他蓋房子的宏偉骨架與繁複細節，譬喻時而神來一筆，這小說蓋得好堅固。相隔十年，近幾年作品，架構放鬆，感情更柔軟幽微，篇幅由短篇轉向中篇，架構與情節更為複雜，抽離性與詩意更濃。在二〇〇一年《美麗蒼茫》中收的舊作是極短篇與迷你短篇的集合，二〇〇三年《沙戲》中大多是萬字左右的短篇，情節較為單純而集中，都以一人一事為主，〈孤芳〉與〈沙戲〉有中篇的企圖，然還是一人一事的簡單結構；近幾年發表的〈是那麼美好〉（後改名〈某某〉）感覺是〈櫻花〉的延長版，都是以醫院與日本為主要場景的外遇故事，連題目都有東洋味，只是對象從少女變成成熟的婦人，男人執迷於初戀，好像是隱藏在心靈深處的純真年代，也是殘酷現實的補償或出口，哦，蓋茲比。

〈我的杜思妥〉、〈落英〉和〈那麼熱，那麼冷〉都有中篇一人多事、多人一事的特質：〈落英〉中同在一部車發生車禍，在生死之間掙扎中的五個人，其中兩個是情敵，葉君與某君，年少時為追求家世與美貌兼具的雪，兩個人打得死去活來，有一次打架，某君打贏，雪卻同情葉君，葉為追求成功，在離島用電報應徵建設公司的工作，結果被指派記錄工地的糞便，為突圍而出，在颱風天爬上竹架去扶廣告看板，選在老闆必來尋查的時間與地點，他因此成為老闆特助，之後順利娶了雪，然而她在多年後要求離婚，她看穿他「我們之間沒有愛情。你只是為了贏」，小說的時間是回溯的，事件今昔交錯，這是心靈的舞台，有別於以往的寫實舞台，諸多事件紛湧而至，文字更凝練，意象更繽紛，最後的心靈獨白令人心折，他就要死了，而他卻打算放過他的情敵，描寫男人間的鬥志可謂入骨：

我暗自發誓要爬上人生更高的石鼓，應該就是那樣的困境中萌起的意志吧。

那時我一直深愛的妳，不就是我這一生中最大的鼓舞嗎？倘若我不想贏，倘若我沒有將任何人打敗，試問我還能憑靠什麼擁有妳。

當然，妳離開我的理由或許就要消失了。

我真的放過他了啊。妳聽，他的哭聲終於停住了。他的膝蓋終於開始往外蠕動了。他因為哭泣而忽然凝聚起來的鬥志，看來真像一副已經把我打敗的樣子呢。

妳會害怕聽到車子突然墜落的聲音嗎？我不會害怕，我只是非常非常悲傷。

在〈我的杜思妥〉一路帶衰的青年經歷尋死、情變，最後碰到自名杜思妥的老闆，彷彿被夢魘追趕，在不情願下為他寫傳，這對他尊崇的文學大師是個極大的諷刺，他們唯一的共通點只有愛賭這件事，果然在急需錢時，老闆帶一團人到韓國華克山莊豪賭，結果輸了；最後為了搶標一塊土地，他去跟已經病倒在床的老情人要錢，這時她說話聲虛弱到必需附耳聽才清楚，錢要到了，他沒有下標，依然趕赴標場看唱標，原來賭徒也有不賭的時候，愛情與同情讓人由卑瑣變偉大，「他一直坐到決標散場，從頭到尾不發一語。聽說後來老淚縱橫。」

作者筆下的人物要不是平庸卑微的小人物就是畏畏縮縮的年輕人，他們總能在危急的一刻流露出人性的高貴與尊嚴。是的，這是人道寫實主義者的信條，年少得志，擁有財富的他，為什麼筆下的人物都是為貧困與自卑煎熬，也許跟他幼年清寒的生活或者那個大家都物資缺乏的年代，讓人就算身家富有心也富不起來：

> 我從來不承認自己在過著優渥的生活，即使財富增加，我的生活步調還是照常平淡緩慢。我要說的是，直到目前，我還是持續回到小時候的窮困當中，那是一幅四處遷徙、流浪的慘淡畫面，有時候我是經由那些記憶才更清楚現在的存在。富有絕對無法取代貧窮，我相信任何人的一生都活在貧富、對錯、美醜，或者善惡的兩者之中。一般人以為我的小說人物沉重卑微，其實我在表達人性的高貴力量。

何等悲涼與樂觀的蓋茲比，在〈那麼熱，那麼冷〉中，一家都姓蔡的偽三代同堂，祖父蔡恭晚因早年愛賭落魄二十年終於回到家，老妻蔡歐陽晴美一直怕他躲著他，老夫老妻攻防戰拉開趣味的序幕，第二代蔡紫式有奇怪的性癖，喜歡「強暴」妻子，在外玩女人玩得更凶，妻子蔡瑟芬因而想求去，但就在一次「茶與花」的年冬會中，她想嘗一遍外遇的滋味，結果是悔恨不已，因而打消離婚的念頭；第三代蔡莫被指控綁架小女孩，她穿著很小的紅鞋，跟母親很像：

媽，妳的鞋子很好看。

你那麼喜歡紅鞋子啊？

不是，我喜歡紅鞋子穿在妳腳上的感覺。

唉呀，什麼感覺？

我想就是一種會讓我放心的感覺吧，阿莫說。

現在，她從回憶中找到放心這個詞了，像一雙溫暖的翅膀，陪她坐在等待的地方。

女人的紅鞋令我想到安娜卡列尼娜的紅色手提包與鞋子（果然受俄國小說影響），罪惡與傷痛恰是銅板的兩面，罪看來是靜悄悄地進行，卻血肉相連地一代傳一代，所謂上梁不正下梁歪，但作者的重點或者不是在道德譴責，他要訴說的是創傷，當蔡恭晚浪遊歸來，那棟看似華美完美的家早已千瘡百孔，蔡歐陽晴美虔誠禮佛，蔡瑟芬沉迷於花道，蔡莫其實是在無愛的環境中被女孩主動誘引而一起失蹤，卻被指控誘拐未成年少女；當蔡紫式在一堆女人中玩樂，他總要掩住肚子上的刀痕，那裡面藏著一個女人與鄉愁。西方人談的「罪」，跟中國人的「恥」較接近，現代人無恥感，眾神毀棄，只剩物質愛慾。看似輕淡而纖美的筆觸中，深埋著嚴肅的主題。

王定國的小說藝術年輕時機智而精巧，中年激憤而強悍，近期多了些幽默與嘲諷，彷彿從更遠的高處看人生，來到一種圓融的境地，沖淡而更壯闊，編織細節更細緻。四年級作家往往過於早熟早發，我們經歷的文學美好時代來得太輕易，因而消退得如此快速，那些還在堅持，經過重重考驗，還能留下的最珍貴。

在世紀初基化的寫作圈，陰柔之美取代陽剛之美，連異性戀作家都要向同志學舌，MAN的變娘，娘的更娘，真是娘還是很娘，男男女女寫的東西差別不大，像王定國這麼MAN的小說實在是異數，他接續的文學傳統，恰恰銜接上個世紀到這世紀初，我們那時的閱讀從俄國開始（杜思妥也夫斯基、托爾斯泰、果戈里、屠格涅夫……），然後走到英國（哈代、珍奧斯汀、狄更斯……），再來才是法國、德國，一路到日本、美國、拉丁美洲，這樣的小說之旅正是現代小說的進程，台灣的小說家呂赫若、龍瑛宗、吳濁流、葉石濤從日治時期也是這樣走過來，老路是康莊大道，可大可久之路，今人都不走，我在讀王桑的小說時，感觸特深。

某某

一切只等雨停。下一步怎麼開口還那麼重要嗎？籌備中的花店，
提前買花的陌生人，生命中總有一個曾經錯過的眼神，只不過遲至今天交會罷了。

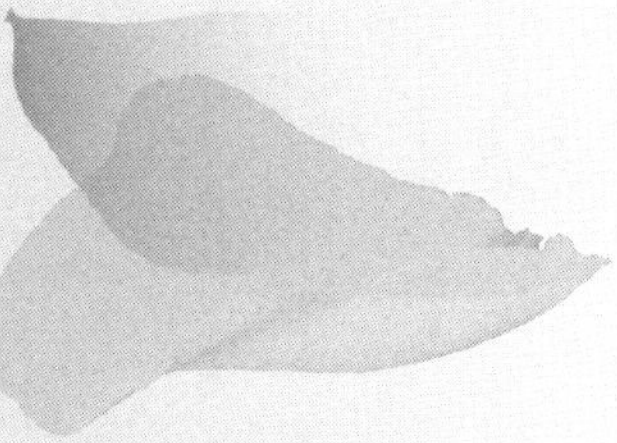

1

診所位在以前下班回家的途中，老舊樓房臨著小巷開了個有樹蔭的窗口。窗口沒人的時候他才願意折進來，有時只是輕微喉頭炎，有時皮膚疹，倒有許多次是十幾年來除也除不盡的鬱悶與煩心又來攀附他的胸口。

從掛號到領藥都在候診的窗下等待。昨天的報紙，上個月的畫刊，包括已然冷卻的國際頭條也罷，盡都幽幽掠過黃昏之前疲憊的眼簾，但這些總比廚房裡的鍋盤聲來得安寧許多。何況坐上了診療椅，瞄著幾眼看不懂的病歷，好像就聽得見曾經洶湧過的波濤，那裡面有尖銳的痛，有不知何故的哀傷，有著邁入中年後有點活不下去卻又不想死的憤懣。

彷彿自己的生命留宿在醫生筆下，平常只能藉由黃昏片刻前來匆匆一覽，然後拖著軀殼慢慢回到家。然而這一年深秋，一個再平常不過的下午，他的軌道突然滑入多年前的瞬間。那時他還抓著報紙哩，起先只聽到無助的輕嘆，緊接著那聲音從斜對角的配藥室迸出來，不像一個女人的哽咽卻有著驟然忍住情緒的尾音在空中飄旋。

不就是夢裡曾經飄盪過的聲音嗎？雖然想都不敢想，但他還是好奇往裡瞧，兩名白衣護士的動作如常，旁側卻多了一襲連身的麥色洋裝，那聲音便是從她背脊發出來的，或者從她斜放在側肩上顫抖著的長髮間。他等著她轉身，決定等一輩子也行。他悄然擱下報紙，猛猛嚥下慌張的口水，在五點二十八分神蹟來到的這一刻，終於瞧見她那緊抿的唇角、那依然黑亮的眼睛、那寂寞的顴骨、那幽幽的神韻、那隱約的……。

然後他聽見有人叫他的號碼。他不知道何去何從。後來他終於聽見了自己的名字。他忘了是怎麼走進診間的，落坐後還是說不出話來，只能愣愣然朝著大燈張開嘴巴，好像一切都在裡面了。那醫師兩腿夾緊，以為下班前來了個要命的急患，當下探進燈筒，急急咕噥道：很痛嗎，是魚骨頭嗎？

不痛，也不是魚骨頭。他忘了今天是來看腳的，腳趾甲嵌進皮肉裡了。那支小燈筒在嘴裡繞了兩圈後，腳底下好像已經不藥而癒。醫師退出了他的喉嚨，問了幾種可能的病徵，他只好胡亂漫應三兩聲。此時不安的眼角旁擋著一堵牆，他索性伸長了脖子望，但這一面的配藥室是掩著窗簾的，剛剛那有點哀傷的聲息只像流星一般，就那樣曳著尾音消失了。他回過頭來時，只能怔怔然對著醫師，心裡沉沉地啊了聲。眼前是一張已有紋路的臉，鏡片裡的眼袋也深了，這個人會是她的丈夫嗎？

原來，她在你這裡。他心裡說。

•

診所六點關門，最後離開的護士終於開了口。是醫師太太沒錯，平常很少來，我們叫她芬姊。送禮啊？就是後面公園旁邊那間白色有院子的，上面是停車棚。你不是跟我們醫師很熟嗎？

回家的車速快得出奇，保險桿在地下車道的粉牆上擦出了火花。下了車還跑了起來，忘了要上去的是九樓，平常每次都是癱靠著電梯廂，才讓自己懸吊到半空中。他一口氣爬到家門口，發覺心跳也沒加快多少，裡面的靈魂還沉浸在夢境裡似地，唯獨他自己在狂喜飛奔。

客廳比平常亂，散落的衣物旁擱著幾天前的大皮箱。他妻子朝他瞄了一眼，不太相信自己親眼所見，叫起了蹲在地上摺衣服的女兒。

爸，你怎麼了。阿惠轉頭說。

額頭發燙，髮下黏稠的汗漬擦也擦不乾，有些還流到了領帶夾。嘴角還咧著笑呢，若是強要忍住只怕漏出得意的笑聲。但他願意冷卻，他知道這需要時間，只要喘口氣喝杯水，他這欲言又止的怪模樣應該就能打回原形。他撥開沙發上的衣服坐下，正好對著妻的背影，但這時她的上半身顯然又因著他的注視而僵直著，類似這樣的動作其實已經很久很久了。

不能氣餒，要鎮下心來，每次他就是這麼鼓舞著。他常會想起許多年前出差路過鄉下沙田、從農夫手上抱回西瓜的那個夏天，那西瓜啵的一聲剖開時，紅豔豔的汁液四處飛濺，那時的兩個新人常笑鬧著一起裹在野香裡呢。他懷念那些日子，那樣的日子是那麼美好，每次出差回來他都會拎個小禮物，不值錢但還算貼心的，他掩在背後、藏在夾克暗袋，或者收在傘骨裡，他想看的是她的笑顏，讓她捏他捶他，哪怕逐漸聽她開始抱怨這個、抱怨那個，最終也只是嗔聲頓頓足，把什麼怨氣都一起埋入他的懷抱中。

他清清喉嚨，並不因為沒人理會而痛苦，衣服打包後就會出發，就像婚姻來到裂口就會掙扎一樣。但他認為這樣的陰霾是要過去了，今天下午的遭遇是那麼神奇，不就是上天暗示的旨意嗎？他真想搬個凳子從背後繞到她面前，就從三十年前說起，說得多細膩都可以，夫妻間的了解太少，所以他只好說得更多——譬如命中注定，他就是為了這個婚姻才出生來到世界的。這麼說太矯情嗎？是虛華無度的世界再也無法容忍的真情吧？

如果她不想聽，只想知道誰能證明他是這樣的人，那也無妨，他要說的不就是那個讓他從迷惘中走出來的女人嗎？而現在他要說的是，他終於看到她了。

為了打開話題，他起身蹲到女兒旁邊，抓了幾件書紙攏在一起。

爸，你不要動，你這樣越幫越忙啦。

他只好把剛剛攏好的東西擱下，想想又按著原狀把它散開了些，這才發現滿地衣物已經氾濫成災，下半輩子要用的好像都在眼前了。

這時候的妻子總算直起腰，眼睛落在他腳上，臨時起意似地丟出話：日本機票敲定了，下禮拜三，看你到時候要不要載我們。

他沒說好或不好，這不是他要的主題。日本是幾個月前開始醞釀的行程，女兒要上立命館大學，做母親的雖說為了照應上的需要而作準備，越洋電話卻說得有聲有色，聊搭的盡是雪景、山寺、住屋山腳下看不完的河道櫻花；聽說對方是從台灣嫁過去的遠房表姊，由於繼承了大片商用不動產，手底下正缺了個管帳的名額。

以後，我就住在那裡了。那天晚上她就這麼說了，好像盡了告知的義務。

原以為還能慢慢挽留，接下來的日子竟然沒有一天可以坐下來商量。如今連出發時間都已說定，這樣的氛圍顯然已經沒有自己的空間。他默默繞到廚房，餐台只剩著午前的杯盤，那裡連燈也沒開，整個家只亮在三只皮箱那地方。他搭不上話，吭不出聲，果然從頭到腳慢慢冷卻了下來。

自顧忙了整夜的她，好似想起了這件事才進房來：我們出去以後，這房子變大了，是不是趁行情好趕快換一間小格局，你也好整理。你說呢？

我說呢？我說個故事給妳聽吧。揣測著，猶豫著，總覺得還沒開口已經把話說完了。

一陣嘩啦水聲過後，她拉開浴室門，搓撈著濕淋淋的頭髮，一邊對著鏡子說：回來那麼興奮，找到了工作嗎？什麼好事讓你碰到了？

問得並不真誠，也許只為了讓他有機會吭聲。

但他願意就範，他不再思索，冷冷說道：老情人。

她突然對著鏡面哈出一大口氣。但感覺上，更像是對著他的人生吧。

隨後就靜默下來了，兩個人各自躺下，分占著東西兩邊牆底。和往常一樣，兩具軀體直挺挺對著天花板，直到熄燈之後才聽到有人輕輕翻身。

但今晚的妻子躺了很久竟還醒著，突然幽幽問道：長得好看嗎？

黑暗中，任何一點點聲息都是清澈透明的，即便只是呼吸，或一聲紊亂心跳，或一道傷痕裂開。他把兩手交掛胸口，眼睛從漆黑的世界睜開，感覺到嘴角好像因著用力抿緊而快要哽咽起來。他忍住半晌，雖然已經不想表白，但此時此刻卻又很想聽聽自己的聲音。

非常美。他說。聲音沙啞，宛如讚嘆。

2

他把車停在反向的街廓，預留了三個紅綠燈的距離，決定步行。

沿路楓香尚未轉紅，卻已有早凋的落葉飛舞在涼風中。他戴了帽子了，也壓深到眉間，只剩惶恐的兩隻眼睛平視前方，聽到什麼突兀車聲才猝然抬起仰角。他為這樣的行徑感到悲哀，並不光明磊落，也還沒想好應對的台詞。他不打算多說一個字，不會叫出她的名字，也不會在她的生活中揚起任何一粒灰塵。在刻意繞行的這段路上，他只想著到時該要怎麼做才能讓她站在眼前，讓今生第一次的面對面，終於出現在這一天。

但他更擔心著突然變了調的場景。她在晾衣的陽台上，而他只能遠遠地揮動他的帽子。她透過對講機離譜的幻音告訴他，我們不需要任何任何我們不需要的東西。或者她還在延續著那聲哽咽，一個人蜷縮在床頭，為著外人無法揣測的悲傷。這不就是最讓他痛心的嗎？

紅燈口，前面一下子停了幾雙腳，從快車道後方趕上來的救護車彷彿正要穿越天空。恍惚間，曾經有過的劇痛這時突然又開始襲擊了，從兩邊太陽穴鑽進，會合在腦幹中心，然後猛烈交火。他退到旁邊一棵黃脈莿桐下，腳底擱下了公事包，一直等到腦海裡的陣仗緩慢撤退，嘈雜的市聲重又灌進耳膜，他這才慢慢睜開眼睛，但視線都模糊了。

回去吧，他試著問自己。是的，突然不知所措的這種心情，讓他終於又像個孩子般迷惘著了。他不禁又想起了自己的影子映在泥地上的那個深夜，走在前面的母親慌張叫喚著他的聲音。

那天正是元宵節，窮鄉孩童們群起出動的燈籠夜，人人憑著手上的彩光探路，盡找平常最暗的地方探險，等到穿街過巷的人影逐漸群集，最後的重頭戲便是大夥兒魚貫溜進小學操場，各自舉出閃亮的燈籠偎在一起相互較量，然後趁著誰起鬨便紛紛甩翻自己的燭芯，讓一個個著火的燈籠在剎那間燒亮夜空。

他不玩這個遊戲，因為自認沒有參與笑鬧的本領。他每天走三十分鐘去學校，每天走四十分鐘回到家，中途他蹲在市場的魚攤旁，那裡是捕魚的父親曾經揮刀剁魚的地方。他看著剛靠岸的海鮮活蹦亂跳，聽著滿嘴檳榔的販子喊價喊到嘶啞，每天多出來的十分鐘他就是等著買賣中的空檔，機會來了他便趁機插嘴問：船都回來了嗎？然後對方也會跟著漫應道：船都回來了。

那天晚上他沒有找人結伴，連燈籠都沒提，兩手始終交掛在背後，當晃亮的火光熄滅下來時，一顆惡作劇的石塊突然從空中直落在他腦袋上。他摀著頭從黑幽幽的校園跑回家，起先躲在灶房，後來因為害怕才躡進了睡榻，直到半夜醒來的母親發現他已縮成一團，猝時慘聲大叫，把他強拉到一枚燈泡下查看，那時濡濕的髮毛下已經鼓起囊泡，如初生的粉紅蛋殼般。母親來回踱步，瞧了幾次掛鐘叫著：你要死了啦，這半夜哪有醫生。

他跟在母親後面左彎右拐，天上的月亮一路照見黑暗的招牌，在不得不折返的岔路上，母親忽然停在一戶黑瓦屋舍的門階下。這種人家，一定有痲油。她邊說著，立即跳上臺階按響了門鈴。他沒跟上去，羞愧地躲在樹幹下，看見頻頻彎腰的母親吃力地解釋著，那開門的婦人遠遠瞧著他說：痲油有用嗎？我去拿紅藥水。

婦人轉身間，原本挨在門後的暗影終於勾出一張女孩的臉，她眨著惺忪的睡眼憂愁地瞧過來，兩隻眼睛慢慢從細長睜到圓亮，像顆獨特的夜星在漆黑的大地找到他。當母親拿到了紅藥水，而前面兩扇大門重新關上後，那星星並沒有離開他的眼睛，她突然從側邊冒出臉，攀在上頭砌著玻璃倒刺的邊牆上，手裡握著一個小瓶子，朝他招喊道：給你，給你麻油。

然而在那一瞬間，她突然踩空了腳下的凳子，整個上身倏地滑落到黑暗中，佇在牆外的他只能焦急地聽著裡面的尖叫聲。如果他沒有離開——三十年後他還是這麼懊惱著，如果當時情急之下把門敲開，也許還能適時地向她道歉，也向她致謝吧。但母親顯然是嚇壞了，如今已然過世的母親，當時就是這麼催促著的：回去吧，喂，回去吧……。

•

當他終於來到公園，看到了那護士指引的白色房子，才知低矮的房屋四周難以藏身，僅有成排的黑板樹高高蔭在退縮的行道上。他只好走快了些，順著社區環帶繞過一圈，然後轉進無人的巷弄，卻又覺得狹道無比細長，走兩步又退了出來，惶恐著前方要是有人進來，偏偏就是那夢裡來夢裡去的匆匆照面，而自己還沒準備……

其實也不明白自己能準備了什麼？一句話都說不出口的情愫，已經讓過去的二十個小時未曾進食。像隱疾纏身一樣的思念就是這麼擄住他的，原本已經痊癒了的自信，竟在診所裡的匆匆一瞥中瓦解，一下子就被那聲哀傷的嘆息所吞噬。

在他認為，任何人的哀傷都不能出現在她身上，連一絲愁緒都不能。因此，他覺得自己應該出現了，即便她已遺忘或者全然陌生。她應該體會得到這種思念的力量，當她從小女孩開始蛻變，從天真活潑早熟緘默然後歷經一切的甜美苦澀與憂傷，並且流下女人的第一滴淚水，這漫長的旅程中其實她不孤單。

他在元宵隔日灰濛濛的清晨，已經瑟縮在她家附近的隱蔽處，那時只想知道摔落牆下的她是否安好無恙。當然，後來他失望了，左手紮著紗布的她，穿著同校制服，讓她母親牽著手從院子裡走了出來。

他開始在每次的下課鈴聲中奔跑，越過泥灰漫天的操場，然後匆匆止步，緩緩走過低年級教室的穿廊，眼睛未曾直視，兩手幾乎垂到膝下。

他期待每天的放學，趁機夾在陌生的編組中，寧願多繞一條回不到家的小路，只求走在最前面的黑裙子偶爾傳來一串鈴子般的笑聲。

他熬夜完成第一張短短十九字的紙條，潛入假日無人的教室，藏在她那可愛的第三排二十五號桌。他等待那張紙條的回音，一直等到第二年的夏天。

那個蟬聲大作的暑夏，他的耳朵有時忽然聽不見任何聲音，或者有時因為拒絕，不願聽見而終於聽不見任何聲音。她們搬家了。在他認為，這是他在這世界上最不想聽到的了。母親為了就近觀察他的異狀，連洗衣服的大清早都把他帶到河邊。下午帶你去拜拜，你要乖乖跪著，求媽祖保佑平安，聽到嗎？母親抓起衣服就著水面上的大石頭搗了起來，肥皂的泡泡迅速被帶到尾處的石灘，一溜煙就滑落到下游的深潭。他看不太懂母親翕動著的唇語，只見她的頭髮因著用力而垂亂，幾乎蓋住了快滴血的紅眼睛。他別過頭，掀掉上衣後涉入淺灘，突然來了個輕輕的潛翻，整個人倒立起來，小小的臉孔埋入清澈的溪底，讓兩行眼淚適時地淌在溪水中。

儘管日常生活斷了弦，他也不曾離開她，他用鉛筆寫日記，寫到短短的筆頭陷入右手虎口，覺得好像那樣緊緊地撐著筆心便再也不會失去了什麼，一直到後來改用了原子筆，已經是第五本日記中所記述到的冬天。大學聯考前最後的冬季，一個在都市的省中念書的學弟回到鎮上，帶來的是一張張從校際聯誼活動拍下來的花架剪影，那時她已考上一所綠衣黑裙的女校，照片中的她微微笑著呢，有幾張還特別對著鏡頭淘氣地吐著舌頭。

他自己的大考並不順暢，但填寫志願時的困擾完全都沒有，他用她所在的城市作選樣，為了不再離開她，把第二志願填入冷門科系也在所不惜。後來他果然成為了藥學系的新人，假日的公車上他兩手趴著車窗頻頻張望，兩隻眼睛對著嚮往的城市射出小鳥般的驚奇。他還常常徒步經過那間有名的女校，踩著步道上的落葉就覺得無比浪漫，有時剛好校鐘響起，彷彿聽到了生命的樂章，周遭的一切讓他愉快又傷感。

幾年後他在大學榜單上找到了她的名字，似乎那是如她所願的學府，遠在兩百公里外的北部。但他突然發現自己已經不再悲傷，生命會照著自然的程序走，她也是，她走在路上的身影是那麼優雅，她對人微笑打招呼說再見，在躲雨的街廊下臉上還充滿著歡喜，在校際演講比賽中即便忘詞也懂得頷首以對，彷彿原諒著剛剛走得過快的時間。她是如此這般非常適切地活在她自己的世界中，也非常平安地活在他的心中。

他慢慢體會到，也許這就夠了，每個人一生中都有一個戀人，即便永遠不再出現，但也永遠不會消失。憑著這樣的一種幸福感，他以優秀的成績畢業，拿到入伍令時內心充滿感恩之情，然後經過婚友社的慎選，在法院的禮堂裡淚流滿面地握緊了現在的妻。

他唯一不明白的是，在他終於步入中年的此時此刻，為什麼她忽然出現在那個傷心的窗口，並且在同一天的夜晚直接來到他的夢中。

•

一陣放學尖峰過後，吱喳跳躍的聲影已漸稀疏，幾戶人家提早開了玄關小燈，附近看起來還在觀望的門戶，提防著他的佇足似地，眨亮了一下，又趕緊閉了起來。

他等待的那間房子，庭院裡的暮色似乎特別濃，車位是空著的，裡裡外外毫無動靜，連窗子也緊閉著。他還沒有去按門鈴，在他認為，他與她之間不應由一個奇怪的開關啟動吧？他不想進入，何況為時已晚。他想要的景象，是他剛好路過而她倚在門邊，是寂寞天涯下的偶遇，卻也是命中注定的相逢。那麼，也許他應該佯裝訝異和無窮驚喜，輕鬆地表明身分，當然也就很自然地說起那天晚上，她為他爬上了牆頭……

後來一想，他並不為這樣的搭訕而來，事實上不該來。他們應該是在約定的時間一起出現，彼此懷著類同的心事，以便看起來並非萍水相逢。但這又為了什麼呢？

當他退回公園，決心穿過捷徑回到原地取車，一群剛從戶外舞課中解散的女人，三三兩兩朝著他的方向走了過來，而夾在那裡面的，那既陌生又熟悉的身影突然出現了。

那麼，再也不必閃躲了吧。他鼓起勇氣摘掉了帽子，呼吸在微顫中凝止，卻發現她常有的微笑已然消失，眼睛只顧看著地上的草皮，而錯落在草皮上的石板在接近他這邊時剛好轉了向；一個恍惚間，人已經走出了欄杆外。

他隨後跟出去，但已看不見她的身影，正陷入似真如幻的迷惑中，沒想到公園轉角的另一頭，她卻又獨自走過來了。是為著緩解沉重的心思才刻意繞路的嗎？穿著白色七分褲，小腿下一雙平底白鞋，她邊走邊攏著頭髮，用類似髮夾的東西將它束放在右肩，光滑的頸子彷如百合綻現，白皙的肌膚倏地浮盪在暮色中。

在逐漸逼近的腳步聲中他突然害怕起來，他低下頭，看著白鞋從眼底慢慢走過。

3

出境處的風，好像特別冷。他在心裡自嘲著。十二月還沒到，第一波寒流已提早來襲，兼著有點雨勢，雨突然停下來時反而更覺冷清。

大廳裡倒是熱鬧得很，電子欄隨時翻轉著誰來誰去的航程。四處鑽動的人潮中，要出去的特別輕盈，送行的似乎遲緩些，有人從頭到尾抱著胸，彷彿只等對方進了通關門，才願意揮動那隻手。

他把手貼在她肩上，見她一動不動，只好繼續放著，像一粒水餃擱在冷碟裡。阿惠上廁所，他趁機對著肩膀說：妳早一點回來吧，我會天天等。

他還想說，他的胃已經痛了很久，睡都睡不好。

還有，頭痛也是，有時暈眩到模糊一片，看到的任何東西都變成影子。

午後的飛機在雨中準時起動，飛過了停車場的上空時，像隻巨大的鷹瞄了他最後一眼。然後他坐在未發動的車子裡開始哭泣，想著自己為什麼連一句內心話都說不出來。

當年在婚友社舉辦的聯誼餐會上，他的健談與幽默可比酒杯裡的香檳泡泡還要多。那時他已經是一家大製藥廠的副課長，領著手下八名業務尖兵，在揮汗的六月天穿著西裝制服四處出擊，連還在午休中的鄉村小診所都不放過。當他雄糾糾地說著自己的拚勁時，坐在他面前的對象頻頻點頭，手上的刀叉完全無暇啟動。

長髮披肩，髮細如絲，劉海染著蜂蜜的顏色。她是個美女，他告訴自己。於是他越說越起勁，花了整個下午把他十年後的願景描繪得栩栩如生。未來，我的目標是國際藥廠，拿到總代理後就能夠安枕無憂。

我最近才跟男朋友分手。她說。

喔，他應了一聲，看著她有點浮腫的上眼皮，似乎見面前的幾分鐘才剛把眼淚擦乾。

他慢慢縮回原本盤據桌面的兩隻手，剛剛比手畫腳的那片夢中江山已如泡影般消失。在那有點突兀的瞬間，既要揣測對方語意，也得說出幾句合宜的下文，正那樣思索著的時候，美人站了起來：我也知道，說得這麼白很沒禮貌。

他跟在她後面，過了半條街，忽然覺得她的孤單背影其實很像他自己。這也不算什麼丟臉的事啊，他的嗓音嚷在街聲裡，而她越走越快了。為了挽回她的名譽，或者也為了振奮已經重新出發的自己，他跨了幾大步，像捉小鳥般抓住了她的手，從此決定了這一生的婚姻。

那段新婚日子，兩個新人全身毛孔天天敞開，清新無比的空氣有時帶著花香有時彷如來自海洋，他們各自把記憶卸除，每天黏在一起吃飯睡覺，連郵差送來急件也懶得應門。她的身材曲線勻稱，渾身動盪著蛇一般的狡猾氣息，床上的韻律宛如急弦慢管交錯，隨時會在應該輕聲細語的時刻突然發出忘我的叫聲。

因此她懷孕的訊息也來得特別早，微喜中帶著一陣錯愕，有那麼一種兩人的廝混關係突然被人發現了的不甘。他雖然不這麼想，但他看出了她的絕望，好像被一個歡樂中的世界驅逐出場。她的話語逐日減少，也說得非常簡短，再也聽不到輕柔的尾音飄揚在空氣中。靜默中的新家彷彿正在進行某種噤聲的儀式，他躡著腳尖經過客廳廚房，每晚緊盯三個小時的無聲電視，算準了間距便走進房間安慰一下她那隆起的肚皮，然後讓她有機會斥罵他。

急著出世的女兒趕在第二年的春天報到，隨後他的主管職務也開始跨區延展，每天搶著大早出門，有時到了深夜還在出差的旅途中。值得慶幸的是她的性情溫和了許多，除了小寶貝的哺育有她母親代勞之外，也因為從鏡子裡重新找到自己的原貌而終於露出了笑顏。

但她不再是剛開始的那個美人了。儘管身材曲線依然姣好，那股恨不得趕快把身上衣物全部撕開的野勁早已消散不見，她拖時間上床，逗留在廚房裡用盡全身的憤怒把杯子搓破，一直到後來終於妥協般躺下來時，她的身體毫不袒露，兩眼直視上空，好似含著一股悲切的意志準備出賣自己的靈魂。

無法忘懷的是那個睡不著的深夜，黑暗中探手摸了過去，剛開始那靜悄悄的身軀給他帶來了默許，於是慢慢將她睡衣的鈕子輕輕解開，一切看起來完美刺激，何況在那撩撥起來的慾念中她也跟著蠕動了。他強壓住自己的側姿，像匍匐在敵軍沙漠中尋找甘霖，片刻摸索後他終於果斷地把那豐盈的乳房掏了出來，但此時此刻她突然清醒了過來。也許是她的誤解，以為那是別人的手才那樣陶醉著吧，他後來想。反正在那當刻，她毫無預警，突然對著他那隻手冷冷地說：夠了。

小時候他賣過饅頭，那是父親出事後第二年，母親把蒸好的饅頭放在木箱裡，上面蓋著一條對摺過的毛巾布。他彎著手肘挽住箱子，另一隻手則從毛巾布的縫隙摸進去，然後謹慎地把一個熱騰騰的饅頭掏出來。那是附近工廠裡第一個客人，他把饅頭拍到地上，當著眾人大聲斥責道：我還敢吃嗎？你用這隻髒手。

後來他對母親的解釋是這麼說的：我怕那塊布翻開後，饅頭就冷了。

有了那樣的屈辱，後來只要遇到任何挫折，總會想起自己的手是不是又弄髒了呢？那天晚上他把手中的乳房輕輕放開後，黑暗中的五根手指頭並沒有馬上縮回來，感覺上好像就一直停留在半空中，直到現在的半空中。

工作地點嘛，京都的四条河原町，住的地方緊臨鴨川旁，搭京阪電鐵只要兩站就到家。電話中透露的訊息俐落清晰，聽起來好像很早以前就在那裡住著了。女兒還提到了銀閣寺：紅色的茶花比兩個人還高咧，竟然只用來當圍籬，你要不要趕快過來看，全部都開了。

眼睛都發亮了似地，喊了她媽媽來聽。

是很美。她說。

她把話題岔開了，談到了天氣，有意形容沒有風的那種冷，卻又缺了旅人的熱情，最後只好又繞回天氣：聽說年底的京都會下雪。

想要問問銀閣寺的砂堆是否已有改變，法然寺去了沒有？真正的用意是沖淡她的心思，免得前腳剛走，彼此已經忘卻。然而即便只想憑著電話融入那邊的花草情境，便給她平添了糾纏似地，電話裡很快來到了結尾：表姊給的薪水蠻大方，說不定以後在這裡買間房子了。

這天晚上終於破了酒戒，只許小酌的身體暈眩得快，在她的家事間裡晃了兩下，很快就跌坐在椅子上。平日沒機會進去的兩坪私密空間，原先放著縫紉機以及燙衣服的板架，那些東西慢慢不見後，改成了現在的兩排置物牆，明櫃上擺著相框、花器和她學了一半的膠彩畫，下邊則是一橫排深藍色的神祕暗抽。這些應該就是她的全部吧，他想。

他極度壓抑著經由酒精燒炙起來的慫恿，終至沒有將這些抽屜打開，否則——他非常害怕翻出了不便裱框的照片，也害怕看到不堪朗讀的情書，害怕這裡面還有著許許多多與他無關的信物、奇怪的印記或者還在持續中的某某對方的訊息。他突然發現自己的前半生好像都在種種的害怕中度過了。

一切都來自那個出差的下午。半路上接到公司要求趕赴一場晚宴的電話，他趕到了餐廳門口，腳還沒站定，竟在一整排杜鵑圍籬的幽影中發現了她，上身一款立領織花上衣，搭著很多年前僅僅見過一次的黑色窄裙。他立刻預感什麼事要發生了，雖然多麼希望沒有任何事情發生。他把頭壓低，拿公事包掩面，在猛烈襲來的颶風中奮力轉身，只求那是虛像幻影，是離奇夢魘，是遠方鐵道的出軌無理地嫁禍在自己的小小車頭上。

他請求公司降調，從一名沙場悍將淪為不曬太陽的小督導，利用許多個不再出差的夜晚把家裡每樣東西擦得亮晶晶，重新打開的窗戶開始吹來了南風北風，後來還把牆壁上的油漆翻過一遍，在母女兩人一致的反對下變幻出一屋子的冷白，如深雪般。

他開始安排假日，想辦法把公司的特休拉長，在天還蒙著灰的早晨已經擦亮車窗，像個完美廚娘在一籃子野餐裡添了幾片竹葉和花瓣。他還嫌自己老派了些，染黑了初霜的頭髮，新裁了兩條褲子和兩件印著惡魔的紅白襯衫。有一天當他接到裁員通知時，手上的旅遊雜誌還剛剛翻到了有山有水的峽谷灣，那個瞬間一群攀在峭壁上的猴子不解地望著他。

他曾經回去過那植有杜鵑圍籬的餐廳現場，模擬著那件黑色窄裙的鎮定與驚慌，無論何種情況，她和那男人必定是要朝他這邊走過來的，否則只能回到剛泊好的車子上。然而那天晚上，她們在小道上憑空消失了。那麼，應該這麼說，他那抱頭掩面的狼狽樣早就讓她瞧見了。

多年以來，他終於慢慢了解那一直流露在她身上的，應該就是一股恨意。他把那件事當成祕密般埋藏，反而讓她覺得自己永遠被他嘲弄著吧。

如果現在把話說開了，來得及嗎？來不及了。

來不及嗎？他按了幾百個數字鍵後終於撥通了國際電話，半夜驚醒過來的嗓聲分不出是女兒還是她；但他的談興無礙，說起以前在日本曾經搭鞍馬線電鐵到貴船的路程，那是還單身時的某個禮拜天，他坐在貴船川的急瀨湍灘下，一個人吃著壽喜燒還配著啤酒哩，吃著吃著竟然寂寞到哭了起來。從貴船川繞過一片杉樹林後，鞍馬寺還要兩小時，他說他仰望著濕滑的山路遲遲不能動彈長達一百年之久，加入婚友社便是在那當下雖然風馬牛不相及卻顯然非常莊嚴的決念。電話越說越嚷，那邊靜靜聽著的應該就是她吧，果然把電話掛斷了。

來不及了。他不禁又想起公園步道上的那雙白鞋，或許也是走得很寂寞的一雙鞋子吧，寂寞到哭了起來。

4

帶著無論如何總要見上一面的心思，他再度守候在她家對面的車子裡。午前下了雨，一路上刷著水花的車聲陸續來去，沒有一部車停過她家門口，而圍牆內的車子也沒有開走。一直到午後兩點，紅色鐵門緩緩對開，那部灰藍才探出頭來，前後玻璃深暗，也許夫妻倆已經隱坐車中。他對他們的生活完全陌生，想到今後也將如此，心頭突又揪緊，覺得正在失去的好像越來越多。過去對她的愛與擔憂曾經超越一切，此刻竟有非分的心思襲來，覺得她實在不該在他看不見的地方幸福著啊。

後來他睡著了，醒來時脖子已經僵痺，卻在這一瞬間看見她正要收傘斜進計程車裡。夫妻倆是分開出門的，對照診所裡令他不忍的那聲輕泣，此刻的情景反教他寬心了些。天空還是陰雨，他跟在車後徐行，經過五個紅綠燈加上一段眼熟的施工繞路，竟已來到他家後面的熱鬧街口。她掏出遙控器開了鐵門，走進兩步又回頭出來，用著她那慣有的從細長睜到圓亮的眼睛瞇望著雨幕，最後的那一抹眼色終於落定在他的車子上。

這時候雨開始敲擊著車頂，從雨幕的疏密間他瞧見了落地玻璃上方的亮光，一張看不清的紅紙黑字，一面即將開幕的花藝招牌。她挪開了店裡幾張擋道的椅子，髮上綁起頭巾，突然像個蜘蛛人似地斜撐在玻璃上，手裡抓著噴霧罐來回施灑，一叢叢白色的雪花森林硬是在雨中慢慢浮現了出來。

幸好有了這場雨，緊閉的車外已經沒有其他雜聲，這是他與她的世界，也將會是他與她的瞬間。當他發現她不只一次朝著對街這邊凝望過來時，彷彿是兩個人已經密契了的：雨停之後他便要走過去，或她自己主動走過來。

一切只等雨停。下一步怎麼開口還那麼重要嗎？籌備中的花店，提前買花的陌生人，生命中總有一個曾經錯過的眼神，只不過遲至今天交會罷了。以後也能常來買花了，來看她優雅如昔，看她再多滄桑也安安靜靜的樣子。陶醉到一半，外面突然有人敲響了車窗，蒙著霧的玻璃上只見人影，兩個人。

兩個警察一前一後坐進來，取了他的駕照，眼睛掃視著儀表板下方的置物空間。

對不起，有人報案，你在跟蹤什麼人？後座的說。

他被這突兀的景象矇住了，急著把臉探出外面，前座的警察立即擋住他。

你這樣是妨害自由，你知道嗎？

我認識她。他說。

那就好。前座的朝花店瞄了一眼：你跟我們進去說吧，馬上銷案最好。

前後兩個作勢準備下車，他卻抓著方向盤死不放手。這時他已無法思考，只知道人生再荒謬也不該是這樣的地步啊。他們開始如急雨般催喚，無線電的雜訊一波波爆開。

後座煩躁起來了，把頭傾到他肩上：回去做筆錄的話，這件事情可能會搞得沒完沒了。

三個人一把傘，走得偏偏晃晃。來到了騎樓下，他站在中間，像被挾持也被推崇，淋過的雨沿著頭髮眉心流到眼睛，看似已經噙了濛濛淚水。當她從店裡走出來時，他不敢想像她是否仍然微笑仍然優雅得意味深長，在泛著雨霧的眼中他只看見她猶似驚嚇般掩著臉不願直視，不久之後乾脆轉過身。

警察上前問了兩句，她愣了半晌，想不起什麼，搖著頭。

另一個從肘彎推他一把：你來說吧，說你怎麼認識她。

他不想擦乾眼裡的雨水，但願什麼都是看不見的。他曾經目睹的那隻刮傷了的左手，多少年來一直是他自己獨享的祕密般，如今是在這樣的情景下被迫舉證出那道傷痕。

那麼，他要說了。他知道這個場合是荒謬的，時間也非常錯亂，他覺得應該用著冷漠語氣，最好只是表達一個陌路旁觀者的無情。但他越想越不忍心，短短幾句可以完成的交代，竟說得如同碎片一般。

當他一開口，突然暗中發現她的左手竟也跟著蠕動著了。這個感應是那麼深刻動人，他似乎受到了鼓舞，眼睛在剎那間睜得發出亮光。

然而，她的手靜止下來後，那可能帶著傷痕的手指卻又一根一根悄悄往內蜷縮，彷彿為了形成一個堅實的拳頭而軟弱地緊握著。

•

在街攤上喝湯半碗，飄在蔥花裡的魚丸沉到碗底。

雨後的夜晚出現了推車小販，經過眼前再從巷子裡消失後，還不知道對方賣著什麼，跟進了巷底才知那是盡頭，攤車已經歇在屋角下，大概販子也睡了。

從巷子裡走出來，已是出了寒月的天空，原來的街道竟在剎那中寬闊如海，讓他的胃底又浮起一陣寒慄，突然急著想要再鑽進另一道陌生的巷子。

回到家後開始飲酒，剛起步時配花生少許，來到中途已不計量，及至最後終於狂奔，一路冷熱交迫，恍如一次又一次墜海攀山。

翌晨胃痛如絞，自服胃乳三大匙，半小時後連吞克潰精八粒，自忖痛不至死，一切待觀後效，見機行事。上午十時整，已如小鳥般偎於床柱，上衣長褲穿套齊整，只等車行接應，準備奪門尋醫。

•

內視鏡房就在診間後面，一進門似乎已經聽到無風而動的金屬碰撞聲，連一把小鑷夾也憑空對著他射出懾光，這次他不得不乖乖就範了。

護士讓他換好了寬鬆衣物，先坐在診療的床沿。張醫師進來後，護士的細微動作緊接而來，一個用麻醉劑噴他喉嚨，一個引導他往左邊側臥，然後推著他的雙腿曲成蝦子般。側臥的眼睛這時剛好對著醫師腹上的白袍，很奇怪地讓他又想起了她的那雙白鞋。

接著他看見了長長的導光纖維管，長度彷如直達地獄，像一條黑蛇從儀器箱冒了出來。醫師說話了：等一下從嘴巴進去，經過食道來到胃，最後是十二指腸。說著從三寸地方撈起蛇頭。不要緊張，像平常吞口水那樣自然，進去以後才用鼻子吸氣，嘴巴輕輕吐氣，記住，到時候就不能再吞嚥了。

讓我想一下，他說。

哈，別人十分鐘就把裡面搞定，你已經花了三年。

錯了，是三十年，他心裡反駁道。他想坐起來，兩名護士壓住他的腿，後來放開了。

醫師摘下了口罩。要不然用自費點滴，這種藥會讓你睡著，醒過來後你根本不知道我對你做了什麼。

他無法忍受。若有機會，他倒是希望知道對方曾經做了什麼，什麼時候娶她為妻，什麼時候幹過缺德事，什麼時候讓她開始憂鬱，一個人走路搭車，一個人徘徊寂寞公園。

他想知道的豈只這些。那天當他看見她的手終於慢慢蠕動，顯然那是外人無從得知的命運牽連，正為眼前的情景悸動著，沒想到後來她否認了，對著那兩名警察直搖頭，然後默默走回店裡。

他還是拒絕了可以讓他安睡的點滴藥，由於時間拖得過久，醫師在他喉底噴了第二次麻藥，拿起一把塑膠漏斗套上了嘴巴，黑色的蛇頭便從洞口直驅而入。他的反應快而不正確，整條食道開始抽搐作嘔，胃液湧上來的強酸猶像汽油彈，一邊燃燒一邊爆開。

然後他大量吞嚥空氣口水，以求換氣之後繼續大量吞嚥。他聽見了模糊的喝止聲，感覺有人正在撫慰他的雙肩，這時他的眼睛便開始濛濛地淹沒了。他很想忍住黑色的探索，卻不知道為什麼，覺得數不清的手正在極力壓制他，即將剖開身體挖出他的孤獨內心。他想叫聲暫停，黑管下的舌頭已經無以動彈，發出來的只是籠統的氣音。於是他開始大聲吶喊，如同三十年的含辛茹苦要一次花光，然而他吶喊的起音是低了些吧，他發覺自己這一生已經把力氣用完了，一切都來不及了，最後他聽見的只是從嘴巴不斷發出的讓我死、讓我死那樣的呻吟。

•

今天早上在妳丈夫的診所裡，我經歷了一次未完成的內視鏡檢查。當儀器深入我的胃，我竟然惶恐著被我藏在裡面的妳就要被發現了。

他猶豫了很久，決定把這段文字刪除，覺得這樣的切入會讓她不安。

或許談談美好的婚姻吧。我的妻子正在日本旅行。這個破題真美。

我的妻子正在日本旅行，傳來的照片是法然院的茅屋頂，楓葉把它照紅了。我還記得妳搬家那年暑假，妳家院子有棵樹就是那麼紅的，很奇怪的夏天。妳高中畢業那年的校園，一大片鳳凰花蓋滿了天空，就又想起妳家的院子。也許妳會訝異為什麼我一直談著紅色的花，我第一眼所看到的妳……

他慶幸過去的回憶還如此清晰，只是一枝筆就能讓痛苦的呻吟安靜下來。光憑回憶就能把距離拉近，從今以後就不用再看到她了。寫這封信的用意是要讓她安心，在她的路上，多餘的影子已經消失。最後，如果容許有一絲絲辯駁，他覺得應該把自己完整坦露：

其實我無所求，每天就是過著一種差不多就是這樣那樣的日子。何況我的人生已經那麼美好，能夠在妳毫無察覺的情況下一直擁有妳。倘若我一直這樣擁有妳，我相信在日本的妻子便永遠不會離開我了。

妳會問我為什麼嗎？我就是用生命在呵護著她才變成今天的軟弱啊。

5

似乎不擔心錯過三月早開的櫻花，從日本回來的妻子，連走起路來也徐徐緩緩，不到半年的京都旅宿竟已有著淺笑迎人的氣息，看得他直愣一旁。但她的亮麗是滄桑些了，時間也把她頸後的馬尾拉長了，倒是外型反而優雅許多，微側著臉傾聽，略凝著眼看人，渾身溫婉得像陽春，有那麼一股想跟她賭賭氣也會覺得非常無禮的神情。

徐徐走過去，緩緩走過來，真想跟她說，妳停下來讓我仔細地看著吧。

又緩緩走過去的時候，迎到的來人竟然是那雙白鞋。

終於不用躲藏了。每個人都在這裡。生命中竟有這樣的錯亂時空突然掉在一個瞬間裡。

兩個女人幾乎同時頷首欠身，如同一對舊識在無聲電影中相逢。寒暄了幾句後，彼此轉身朝他望過來，一個說著，一個聽著，剎那間讓他覺得自己像一幅名畫般被她們凝視著。

日本回來才發現那封還沒寄給妳的信，突然去通知妳，我想他會諒解。是發生了什麼……才這樣的？

別想太多，他膽子很小，吐血的時候還拿衛生紙擦過呢，醫生說只是因為食道噎住了。冰箱裡還放著第二天要用的早餐，連味噌蔥花都已經裝在碟子裡。這就是我的丈夫啊，他為自己做的就是那麼一小碗……

對不起。我不知道該說什麼？

妳能來我已經很感謝，說太多反而不是他要的。雖然已經這樣了，我對妳還是有點嫉妒的，完全被妳遺忘的人，還能癡心到這種地步。雖然是自己的丈夫，我還是要說他是笨蛋，跟他相處久了，連我自己也變得愚蠢了，以為他活該就是這樣的人。

兩個女人慢慢來到面前時，他的妻子忽然開始痛哭，髮束因著肩膀的劇顫而散落兩旁。他沒有聽過她曾經這樣哭泣，記憶中他的父親出事時，母親也沒有這樣哭泣著。有人看到死亡，也有人反而來到了重生，若說人生充滿荒謬但也有著荒謬中的道理啊。如同此時此刻，他自己竟也因為生命的喜悅而充滿著忍不住的淚水呢。因為他看見了，看見她接過他妻子點燃的一炷香，正在高高舉起時，那刻意紮在小指上的白紗是那麼清晰，像一對停在草間的白蝶羽翼，用著輕觸般的顫抖，對著他頻頻發出了飛吧、飛吧那樣的律動與神情。

落英

過了這個彎就好。過了下個彎就會沒事的。

人生道路總有幾個彎吧，我還不曾見過有人一路直走就能贏得眾多的喝采。

人生每件事在出錯之前往往都是對的，啊我總算明白。

我搭上的這部車子，聽說性能極好。出事前看到的青翠山村，也非常優雅迷人。

沒有些微的徵兆可以預防嗎？沒有。開車的甚至還誇著它，「這是最新型的黑鑽休旅款，講求強悍越野力，從靜止到疾行只要五秒，打個呵欠也不只五秒。」

駱大海還說，這種車款是他從小就有的夢，連夢中的儀表板，那雪色刻度、那孤獨神祕的藍光精靈，真是要了他的命，竟然一模一樣就在方向盤前方。

花東公路有風有浪，海漂浮，山盤旋，兩側柏油路似乎開始下陷，頑強的車身正在低空飛行。「喂，台東最有名的豬血湯，我們吃了再走吧。」他是那麼亢奮，加速中的逆風送來了他的叫喊，雖然車上沒人回應，卻也沒有反對的聲音。

離開台東市區後，我記得的便是這樣的段落。豬血湯後來果真繞道吃過了，他們還在路邊添了一堆零嘴飲料，準備一路到底走完離開東部的回程。

但這一切都是荒謬的。我的口袋裡還留著兩張剛起飛的末班機票，也就是說，如果不搭上這部車，我已經帶著胖子下了飛機，一切便會安然無恙。胖子是他的老董父親指派在我身邊的獨子，剛被部隊退訓的過重體位，一嗅到舒爽海風便癱睡駕駛座旁，等他乍醒過來，他的夢鄉當然已經完全走樣。

能夠扭轉整個事件的當然就是車子的主人黃君。但他只顧指天畫地，自從在股市頻道一夕暴紅之後，如今自己的車懶得管了，一逕窩在後座上自言自語地解盤。他說台灣股票加權指數最殘酷的三九五五，就是他在金融海嘯中的果斷預測，「太神準了，誤差就那一瞇瞇的零點六而已。什麼叫危機入市，那時跟著我進場的都發了，你們想想看，我改變了多少人的命運。」

我們的命運都被他改變了。從小店重新出發時，如果他堅持取回鑰匙，那麼開車的就不會是駱大海。但黃君顯然離題了，一踏進華爾街便走不回來，整個人完全困在美國道瓊指數的週線圖中，「你們看衰美元的話會倒大楣喔，美國再怎麼樣，還是全世界最強的國家……。」

出事之前其實還有轉機。如果駱大海照著原計畫取道南迴線，那最起碼夜深之前我們還能暫宿台中。但他從小就有的夢似乎還在發光，他兩眼射出火焰，瞬間燒亮了兩道濃眉，「怎麼樣，我們乾脆繞山路，走——南橫。」

等到其他人稍稍會意過來，其實車頭已經彎進神祕的九號道，那裡面的暮色叢林正在目睹著我們的身影。

當然，我的右手邊還有另一個人。他的沉靜一直令我不安，戴著軟塌塌的帽子，尖突的臉形隨時掩在陰影裡。這個人沒有一刻是正直的，我不得不這樣想，他的椅位是那麼寬敞，但他的上半身依然斜撐在椅背與車門間，彷彿隨時要走，卻又透過帽舌下的一片陰黑，默默打量著車上的人。

這時當然還來得及，只要他稍稍反對一聲，剛起步的九號道寬闊得隨時都能掉頭。但他高中畢業前的霸氣不知哪裡去了，只像個陰森森的鬼魅貼在旁邊，除了緊盯著車窗外的景物，他不說半句話，一副什麼都了然於胸的神情，好像知道自己是一隻鳥，現在又回到森林裡了。

當然，還有我。原先我也可以阻止，然而一想到自己連末班飛機都寧願錯過，還有什麼是該堅持的呢？車窗外的天際還一片清朗，有誰知道山裡已經起了嚴重的變化。口袋裡我的名片印著青鳥國際育樂執行長的頭銜，有誰知道我是為了賭場開發案的勘查而專程前來，並且已在昨晚的飯店房間裡完成了今年度的書面報告。誰開車不都一樣嗎，我要的只是誰能讓我順利抵達。

我的人生剛剛啟程，壯闊的藍圖有山有海。我幾乎看得見三年後的自己含著菸斗的神情，眼底是片片海鷗、船帆，耳裡聽到的是賭場樓下搶兌著籌碼的賓客喧譁，那些吵雜的聲音聽來是多麼悅耳，因為那都是錢的聲音，像海鷗拍翅又像潮水不斷湧來。因此，昨晚的書面報告裡我還追加了一筆，我希望岬角的周邊能有一間安靜的酒館，夜裡我隨時可以不動聲色地上來巡察一番，興起時酌它一杯，有時也不妨背著手輕輕走在映滿月光的藍色地毯上，運氣好的時候還能瞧瞧有哪顆星星突然掉入海中。

我也非常樂意在此終老。我相信我的妻子雪也會終於答應離開她的黑板，四十歲分娩還不嫌晚，當我走完月光地毯回到附近的濱海別墅時，我將看見她安詳地平躺在床上，她的小臉已經回復往日豐澤，她失去多年的微笑像漣漪紛紛綻開，她逐漸隆起的肚子正在孕育我們重新開始的每一個日子。

因此我不可能死。我從出生不久就知道沒有鬥志不能存活，在那還沒有語言的混沌中，我已懂得用雙手緊抱空奶瓶而拒絕哺乳，因為我的母親曾在縫紉機前昏倒數次而讓懷裡的我不時瀕臨窒息。我不哭不鬧，安靜得像隻等待驚蟄的小睡蟲，那時我的腦海中想必也有一份藍圖了吧。後來母親說，我學會的第一句話並不是媽媽，而是自言自語長達兩週半，發聲簡短但鏗鏘有力，頻斷頻續的怪音聽來像咒語，彷彿先要弄熟了魔法才肯踏進以後的人生。

我當然不會死，我和他們不同，駱大海、黃君或者旁邊的另一個人，雖然我們來自同樣的窮鄉僻壤，都曾在孤寂小鎮同時度過蒼白的童年，但後來我走自己的路，我甚至認為當有一天準備衣錦還鄉時，他們根本無法和我同行。

那麼，即便放棄了機票，我可沒想過要和他們一起掉進漩渦裡。

往九號道挺進的休旅車逐漸沒入越來越濃的的暮色後，「海端」的字牌應該是車窗外看到的最後一盞燈。依稀可見的視線裡沒有半個人影，一片死寂中只能隱約聽見駱大海的凝重鼻息，那是探險者的悸動但或許也是因為惶恐，尤其當他打開了大燈和霧燈，仍然不得不伸長脖子貼著擋風玻璃。因為霧來了。車子裡一陣驚呼，連胖子也醒了。才一轉眼，所有的影像已經沒入濃重灰茫中，行進的車體變得越來越沉重，比走路還慢，比獨木舟還搖晃，像艘龐大的軍艦被迫蜿蜒在一條彎彎曲曲的蛇腹上。

雖然有著不祥的預感，但我還是極力壓抑著。過了這個彎就好。過了下個彎就會沒事的。人生道路總有幾個彎吧，我還不曾見過有人一路直走就能贏得眾多的喝采。

沒想到，最後還是出事了。剛撐過了一個彎道，前輪滑過了山壁滲下來的水窪時，一路上升的地勢忽然陡降，於是車頭便像跳水般猛猛撞上了護欄，車體往外暴衝，墨綠的樹影刷過了擋風玻璃，轟轟兩聲巨響中，幾棵樹幹已經倒在一旁。

驚叫聲。吶喊聲。戰慄聲。我不曾聽過有那麼多聲音是同時響起的，而當一陣混亂慢慢歸位後，似乎還有一種聲音不肯離去，像奔跑中被遺棄的紙風車，它被迫減速，在錯愕中倒轉，然後迴擺——原來那是兩個懸空的前輪對著山谷的嘆息。

然後一切歸入死寂。我的腦海完全空白，倘若還能擁有什麼知覺，應該是最後一瞥的眼神吧，為了穿透黑暗的世界，我甚至看見螢火蟲在另一峰的山谷中飛舞，更有幾條白色河流突然在叢林中捲成一團，為著不知去處而寂寞地嗚咽著。難道這就是人生盡頭的迴光嗎？果然這一瞬間我也看見我的妻子雪了，她剛在教師宿舍吃完路邊買來的便當，為了驅走立冬的涼意，她關上了最後一縫冷窗，渾身還是瑟縮了起來。

她大概也感應到了吧。她試著撥電話，想必她知道我已離去，才毫無顧忌著我的聲音嗎？當然，電話已經無法接通了。

很奇怪地，我也突然想起了故鄉的天后宮。廣場前的天后宮立著兩座石鼓，每天放學後總有人快手快腳搶著跨坐上去，以便成為新崛起的英雄般被同伴們歡呼簇擁著。那時沒有俐落手腳的我，從來都是挨在別人後面乾瞪眼，但有一天，我做到了。我把書包藏在教室外的草叢，等到放學前五分鐘才假藉腹痛離開。我拚命跑，跑過田野，鑽出荒屋的牆縫，像個失速中的破輪胎滾進廟街。當我激動地爬到石鼓上面時，天后宮廣場終於被我雄糾糾地俯瞰著，果然那是英雄的席位啊，我的兩腿夾緊了石鼓，直等著幾分鐘後即將開始睥睨人群的光榮景象。

然而那天下午的廣場一個同伴都沒有，連我旁邊的另一個石鼓竟然也是空著的。許久之後，我原本為了迎接掌聲而激情抖晃的雙腿不得不放慢下來。我等了很久，遲遲不肯下來。那是我在成長路途中第一次抵達的最高點，但我不知道廣場裡的人都到哪裡去了，黃昏時我終於哭了起來。

•

搭車前的餐後午間，我帶著胖子歇在飯店大廳的側花園，一邊盤算著去到台東機場的時程。一個縣議員臨時趕來，他捎來的訊息令人振奮，原本難纏的幾塊畸零地已有破解方案，整個育樂世界的周邊將不再有窒礙難行的擋路者。還有，所有地主都同意簽署落日條款，要是三年內賭場開發的相關法案不能核准通過，土地買賣即可視為無效。至於好幾掛黑道掮客為了佣金不惜火拼的傳聞，縣議員說，他前前後後擺了幾桌酒席，該打點的都已經弄到了賓主盡歡。

眼看一切都能成局，接著只等下一回合的簽約付款。我頻頻頷首表示滿意，眼前卻忽地掠過一絲陰影，那是胖子的臉，他突然皺成一團的肥肉看來更胖了；多麼不適合憂鬱的體型，他還那麼小，兩隻眼睛來不及睜大，已被奔放的脂肪擠成了深淵。

縣議員離開後，胖子噘著嘴，「我媽說，金融海嘯後，公司早就沒錢了。」

「會有辦法的。」我說。

只要地主的同意書拿到手，公開募股便是下一步，星港澳韓到處有人要參股，那時候還愁沒錢，錢多得……。這是他父親的主意。

「到時候，錢多得就像滿天滿地的櫻花。」最後我哄著胖子說。

駱大海就是這時出現的，行李袋直接擱在腳下，滿臉亮著紅紅的晒斑。他說他們三個老同學開車度假，指了指外面的停車場，還立刻在手機上嘰哩呱啦一番，果然沒多久黃君也從外面進來了。兩年不見的黃君還是老樣子，客套寒暄一概省略掉，劈頭就進入了他的話題，好似十分鐘前我們才剛分了手，「德國很強的，老兄，就算整個歐元區全部垮掉，你還是可以放心押注德國的股市。」

我懷疑他到底記不記得我是誰。他不說廢話，一開口就進入腦海，然後一直沉溺在裡面，讓你覺得他其實已經走遠了，正消失在某個遙遠的地方。

因此當他忘情地論述著德國的財經情勢時，由於到機場的時間還早，我不僅沒有阻擾，反而相當愉悅地聆聽著。我聆聽著他的聲音，毫不計較話語的內容，毋寧說我在享受著他的窘狀，一個人為了追求理念而竟陷入彷如自我毀滅的境界，這種精神多麼令我動容。

然而就在此時，在我記憶中早已除名的「另一個人」，他也出現了。一頂軟塌塌的帽子散漫地斜戴著，為了顯現和我不期而遇的驚奇，抬手隨便晃了一下，順便拉橫了帽舌，於是一勾褪色的刀疤便從他的髮影中浮現了出來。但他很快抓起了報紙閃到外邊的空位上，像個白丁那樣撐開了整張報紙胡亂掃視著，這麼一種刻意悠哉的舉措只是讓我更加厭惡罷了。

駱大海說：「這小子不想流浪了，已經答應一家補習班要去幫忙。」

我沒有搭聲，感覺對方的沉默中有著什麼正在醞釀著。他從口袋摸出了香菸，用倒過來的濾嘴頻頻敲著錶面，然後捏著菸橫在鼻下，來回搔弄著他的鬍髭。

他有心事的，連他的手指也在思考。我的心情跌到了谷底。

我不禁想起我的妻子雪。在那孤獨的年代，雪夾在他和我中間，但她顯然傾慕於對方身為短跑健將的得意風采，只有在每年寒暑假的寂寥中，我抄寫的詩句才有機會打動她的芳心。因而我厭棄開學的日子，每天最後一個到校，每次在教室後門邊徘徊，最後才像一片葉子飄落在牆底下的位子。

那個人，眼睛像老鷹，皮膚是小麥色，飆出的大汗如顆粒般的雨。啊，在那個流行著奪標電影的年代，那是多嚇人的對手造型。一路看戲的同學後來果然背棄了我，畢竟我的軟弱不被看好，他們給了我難聽的綽號，更且開始戲謔著某種動物的叫聲，那低沉的單音以鼻腔發聲，是我作為一個人連最低級的身分都不如的境遇。

一天，他把我叫去校外的河堤，那裡有大片淹沒人跡的白色芒花。我強作鎮定，腳底發麻，聽著他暴跳如雷的三字經，才知道那些抄寄的詩文把他惹火了。

「來陰的喔，只會寫字有用嗎，你這樣根本不是男子漢的行為。」

他脫掉上衣，用力拋到了空中，像個憤世俠客跨在颯颯秋風裡。

「那要怎樣？」那時的世代我只懂這樣發聲，但我的聲氣幽微，我聽見芒花浪頭鼓譟，疊疊而來的重拳像一顆顆滾燙的石塊不斷擊落胸膛。我的眼鏡碎裂，茫茫然在踉蹌中反擊，被我打穿的空氣中頻頻飄蕩著他那令人難以置信的狂笑聲。

回去的路上我癱坐在巷口，放學後的雪帶來了我的書包，像個母親那樣輕輕擦拭著我的額頭。她的手指很細，輕輕一拂好像就把疼痛撥掉了。該怎麼說呢，在那神奇的溫婉瞬間，我幾乎從此確認她終於就是我要追求到底的女人。

我的軟弱使我堅強。幾週後，對方果然掉進了我布設的險局中。一樣的河堤，但芒花已不再是無意識的白了，我盡情地挑釁，操他祖宗八代以便獲得拳打腳踢。果然他表現得非常神勇，讓我深刻體會到一個男人若是沒有腦袋不如去死的悲哀。反正後來我濛濛眼中所看見的，是他像個粗枝大葉的梟雄從我胸膛踐踏而去的愚蠢身影。

肉身被摧殘的，靈魂讓它得到安息了。是的，幾天後我的雪果然和他分手，遠遠看去的田徑場上他像隻病雞垂首跛行，他的嗓門緊閉，眼睛看著塵土飛揚，場邊的啦啦隊中我替代了雪的位置，我竭力高喊加油，用著報復性的聲浪喊到完全嘶啞，然後像個快樂的混蛋匆匆流下了勝利的淚水。

也許就因為那次的交手，畢業後他失去了蹤影，很有許多年了。但他還是那麼難以忘卻嗎？聞著未打火的香菸是那麼造作，還不時從報紙的翻轉中瞄看著我。

「喂喂，」駱大海指著他，「你們不是幾百年沒見面了嗎？」

一股寒意終於竄上來。其實我們在不該見面的地方見過了，大約十天前。

十天前的咖啡館，沒想到他也在裡面。隔著三張桌子，桌上隔著一瓶花，他坐在窗邊，我緊臨著走道的外圍。也許他進來時已經刻意閃過我，但也可能因為慢來的我毫無戒心，所以早就被窗角下的他盯住了。總之他一個人，而我多了一個人。

多出來的珊蒂這天穿得脫序了，露背不打緊，胸部是用棉織的褻衣裹上的，只在兩個大奶間繫了花結，垂下來的餘襟如同小窗忘了關，完全露光了裡面的白。她的聲音也頗嘹亮，介於矯揉與天真的熱情，要是從中打斷只怕嫋嫋餘音更難收拾。我只好在唇角上朝她比劃著噤聲的手勢，她竟以為那是個飛吻而更加亢奮得花花浪浪。

我不知道三張桌子外的傢伙看出了什麼，珊蒂不像祕書，更也難說她是遠房表妹或誰家大閨女，該說她像什麼呢？在那傢伙的腦海裡，至少知道她是個和雪不一樣的女人。我感覺他在冷笑，他藉著瓶花窺看，從頭到尾一副閒閒獨坐的樣態，沒有約人，沒有動過手機，好像整個下午就要耗在那裡，好像只要狠狠看住了我，他就有辦法打敗我的這一生。

我想要提前離席，但一起身不就自動對焦了嗎？我只好繼續困坐著，刻意側身支著臉頰對她擠眉弄眼，等到珊蒂美人總算會意過來時，才開始抱著凸奶慌顫起來，「哥哥，我先走。」

「妳別動，給我坐好。」我低聲阻止，鎮定地看著她的臉。她應該只有二十來歲，一個應酬餐會中主動依偎過來的小公關，從生澀羞赧到床邊的騷動也才三天時光，為了填塞生活中的寂寞空檔，沒想到我給自己捅出了這個大天窗。

我安慰自己，雪還在她的教室裡。黑板上她寫完了幾個字，也許正在對著幾十張課桌椅嗔怒著，她瘦削的兩頰脹紅，劉海掉在眉間隱隱閃動。

很有幾年了。那個開學前的暑假，我幫她從家裡搬出行李，兩人擠在教師宿舍的置物櫃中，她只顧忙著把行李拖拉歸位，好像要把小船泊進她的港岸裡。

「你去吧，」她說，「你忙你的，我做我自己。」

我要走的時候，她才抬起臉來，「你知道我們現在已經分開了嗎？」

「我不知道，我剛剛看到學校附近有家田園餐廳，每個週末我會在裡面等妳。」

「我看就在這裡結束吧。」她說。

我讓珊蒂美人玩著手機遊戲時，終於決定主動出擊，只要讓他知道我也看見他了，那麼他應該有所顧慮，如果他刻意找到了雪……

沒想到當我準備起身，他的位子上已經空著了。

打發珊蒂美人離開後，我忽然想不起該去哪裡。然而那時的感覺還只是一片茫然，直到此刻他忽然又出現在眼前，才真正讓我強烈地惶恐起來。

在我答應搭上他們的休旅車時，雖然出於自願，感覺上我是被他挾持了。胖子的體身適合前座，我則主動夾在後座中間，表面上我還是聽著黃君對整個世界財經的精闢分析，實則我隨時等待著另一個人的要脅，哪怕是輕蔑、汙辱或者金錢方面的索償。咖啡館裡的畫面既然是我自己的難題，那就不能容許他繼續凌遲這個祕密了。

沒想到，還來不及聽他主動開口，我們的車子已經掛在半空。暈眩的車身似乎還在前傾後仰，下面是斷崖，窗外有風吹來，多像以前我們曾經玩過的司諾克，那該進不進的黑色七分球，每次總是羞答答地倚在桌柏邊的洞口，那時就會有人戲謔地用力狂吹，果然後來真的把它吹進黑洞裡了。

不就是這個人嗎，好像也要把我吹進黑洞中。

所有的聲音都停了，籠罩的黑幕已把周遭吞噬。我聽見了空中的落葉，聽見前座的胖子正在眨眼睛，他的眼睫或許浸了過多的淚水，竟有濕潤的光影悄悄閃爍著。他的腳下就是空谷，只要他稍稍轉身晃動，也許車頭很快就要墜落了。

「駱哥不見了。」胖子說。

原來黑暗是有影像的，駕駛座的門扇癱翻在外，椅位上的人影果然已經消失。胖子開始駱哥駱哥喊，黃君立即壓著聲音說：「不要叫，你這麼大聲太危險了。」

聲音也有重量嗎？我真的不知道，倘若聲音會讓整個車頭下滑，那沉重的呼吸、看不見的焦慮或者任何說不出的憤懣與迷惘，也會讓最後一絲平衡從此崩潰嗎？

駱大海死了。車內氣氛蒙上了陰影，沒有人吭聲，恐懼帶來的頹喪彷如一場默哀正在舉行。但我懷疑，我寧願相信駱大海只是掛在某棵大樹上，當他摔出車外時，他平常狡猾的鬥志會救他一命，不是漫天掏抓崖壁上的蔓草，就是他向天空借了一朵雲。總之他有本事，他扳住了，在某些要命的時刻他往往溜得快，雖然一事無成，卻也不曾被什麼東西絆倒過。十多年前我在國父紀念館附近的套房裡見過他，房間小而亂，唯獨桌面清理得一塵不染，那上面突兀地插著一支黨旗。他興奮地掩聲說，國民黨的人等一下要來了。雖然那支黨旗後來並沒有讓他翻身，總也透過幾個黨棍覓得一些資金替他救了急。然而三年後民進黨的造勢晚會上，我也遇到他了，他站在遊行隊伍最前端，肩上扛著大旗逢人高喊萬歲，若不計較他那過度浮誇的嘴臉，那虔誠高亢的嘶喊確實容易令人聞聲落淚。

這麼善變的傢伙其實不容易死，他還有其他的路還沒走完，就像我們這些賭命的窮鄉人，誰不想摸隙撿縫鑽出一條路，誰不活在總有那麼一天、總有什麼跟什麼……那樣的意念裡。

我決定先救胖子，他耳語般的聲音是那麼疲憊，「打電話給我爸爸……。」

我撥回公司，連著三次都無法打通。黃君則把他的手機丟棄一旁，他喃喃自責了半晌，再度啟動他腦海裡的複雜開關，「要有GPS導航系統那就好了，我早就想要換一支最新型的，誰知道一忙就忘……」

好像他也忘了自己掛在半空中，「手機最起碼也要有這種功能，以後甚至天堂地獄都打得通。對了，你以為歐洲蕭條，宏達電就會完蛋嗎？錯，我問你，宏達電股票跌到多少就可以閉著眼睛買，你知道嗎？」

我不知道。但我知道現在不能閉著眼睛，一分一秒都不行。我打斷他，叫胖子把上身趴低，然後抓緊他的雙手往後拉，直到胖子終於像顆未爆彈卡在我們後座上。一切偷偷進行，彷如黑夜裡匍匐在敵軍的海岸搶灘，我們總算奮力拖回了一艘大船。當前座乍空時，車頭的垂度果然明顯上升了。

很好，接著我叫黃君打開他旁邊的車門。我強調開門要輕，這一點他也做到了。接著我要胖子往外爬，我負責在他屁股後面推擠，當這些動作漸次進行到他終於踏上睽違多時的土地，這華爾街的、法蘭克福的天才專家，他的意識裡竟然把胖子看作奪門而出的搶匪吧，霎時慌張得砰了一聲又把車門關上了。

車門的碰撞聲在這寂靜荒山直如巨雷，感覺中許多樹葉紛紛震落了，沉默的車頭顯然打起了冷顫，不敢想像如果一陣風吹來、一隻山雀猝然拍落牠的羽毛……

這時旁邊的另一個人，他總算說話了，「你不應該讓他下車。」

我不想回應，我在意的是救援小組何時趕來，幾公里外要是響起一聲警笛，這環空迴繞的山谷應該到處可聞，可惜眼前的四周只有風的微音。

山徑上的胖子摀著手機不斷地喂叫著，為了搜尋他要的訊號，拖行在落葉上的窸窣聲聽來像一頭累壞了的黑熊。原本這個時間他早就到家了，他的老董父親甚且已經把他訓示了一頓，然後開始追問我的狀況：有什麼眉目嗎，他和那些地主搞熟了嗎？對了，你要挑著看，壞的千萬不要學。

胖子還是個孩子，孩子都會照實講。「爸，公司不是沒錢了嗎？」

「混蛋，怎麼會沒錢，只要土地草約拿到手，到時候錢多得——」

「錢多得像滿天滿地的櫻花嗎？」這孩子若是聰明，那就這麼回答吧。

倒是滿天飛絮正在靜靜飄著了，從頂窗飄進來的細絲像霧又像雨，伸手一探，很快又消失在指縫中。要是車前燈沒有撞毀，眼前照見的應該就是繽紛雨霧在深谷漫飛的奇景了。想到這一幕，才驚覺到駱大海已經消失在濛濛夜空中。

人生苦短嗎？這一夜何等漫長。寂靜沒有邊際，山上聽不到山下的聲音。難熬的死靜中，左側的黃君渾身開始蠕動著。一直被低迷氣氛禁錮著的嘴巴似乎告訴了他的大腦，我們被車子……綁架了。

我知道他在發抖，他頻頻縮著身子想要避開我的肩膀，然而貼著膝蓋的雙手不聽使喚，像個剛學鼓的新手正在敲打著羞愧的節奏。

「你這部車，聽說要四百多萬咧。」我說。

「啊——喲。」他頭也不轉，直望著外面的黑。

「好吧，我知道你沒心情，現在你就下車吧。」

他呃了聲，來不及回話，另一個人已經開始怒斥著，「那不就更輕了嗎？下什麼車，不要胡來，你給我坐好。」

「除非胖子已經順利報警，不然誰保證可以撐到天亮。」

「我反對，不行就是不行。」

雖然不願看他的臉，聽也知道他的聲音充滿著怒焰。他那邊的車門要不是被傾折的樹幹卡住了，主導權早就不在我這邊。

黃君似乎處於迷惘中。他若懾於威嚇，那就低著頭繼續顫抖吧，但我會感到惋惜，可以從災難中抽離的人生是多麼美好，難道還要口吐白沫高談著世界經濟嗎？

我只好輕鬆地撩撥起來，「你們做股票的，萬一碰到下跌怎麼辦？」

他咦了一聲，不帶勁了，「趕快殺呀。」

「趕快殺的意思是什麼，不是有一個術語嗎？」

他挺起腰背，勉強吁著悶氣，「幹嘛，不要玩我啦。」

「好吧，那你現在下車。」

我再叮嚀了一次，開門一定要輕，最好輕得連螢火蟲也沒發覺。他不敢轉頭瞧那傢伙，卻在黑暗中摸來一隻手，用盡全力把我緊緊握住了。

他跨出左腳試著在地面踩實，臨走像個離家的母親低下頭來，「你說的那個術語叫做——停損，我知道你的意思，但我這樣丟下你……」

「你趕快滾吧。還有，我知道你不會又把車門關上了。」

這時的語氣終於溜了起來，不以為然說：「我會這麼傻嗎？」

外面的胖子果然激動得歡呼大叫，彷彿車裡的劫匪又釋出了一名人質。

這時候的車後座，終於只剩下我和他了。

他再怎麼憤怒也只能等待，運氣好的話警察會領著拖吊車來，那時只要在車尾輕輕一勾就能脫離險境。當然，碰撞過的土質不能突然鬆軟，深黑的夜空不能驟下暴雨。還有，老天爺的時間也不能停，要一分一秒非常準確地向黑夜邁進，像遠遠射出的飛索終於鉤住惡水上的沙洲，那時的霧靄該也開始對著我們濛濛透亮了。

沒想到當我目送黃君下車後，回過頭來，眼前的幽幽暗影讓我看傻了眼。他緊緊扳著前面的椅背，另一隻手則扣在窗頂的吊環上，斜坐的屁股只剩小小一瓣貼著皮緣，簡直像隻猿猴吊在空中。這時他還哆嗦地磨著牙呢，多像喀吱喀吱的一串慢慢遠去的鐵道聲。

也許因為外面太冷了，車頂的天窗還有黃君下車的開門處，一直一直灌進來整座山的冷冽風。如果還有其他因素使他變成這樣，或許他突然想家吧，浪跡多年的辛酸讓生命這檔事變得特別珍貴了；可是當他把河堤上幾近昏迷的我拉起來繼續摑著耳光，那時他對生命的了解是什麼，了解了多少？

瞧他渾身還是戰慄著，我緩聲說，你抽根菸吧。

他似乎別無選擇，趕緊掏了香菸匆匆塞進嘴裡，打火機切了三次，就著微弱的火苗猛吸，像個流浪漢把碗底舔乾了。他這副德性怎麼說，不是要把濾嘴倒過來搗實裡面的菸絲壓，接著也該捏著白蜻蜓似地慢慢耙梳才行，就放在鼻腔下慢慢搓摩吧。

香菸抽得很急，也吸得特別深，噴出第二道煙霧時，尼古丁總算讓他回了神，突然沉聲說：「我看不懂，你到底在耍什麼花招？」

聲氣有點喘，偏要撂著狠話和我對峙，這樣的轉折頗讓我吃驚。

左扇門還開著，只要我上身打橫往外挪，應該也能像黃君那樣伸腳出去探探底。就算後座越來越輕了，隨時會因著我踮出去的重量而棄守，但只要來個瞬間的閃竄，足夠讓我順利逃脫的了。折騰已至夜深，機會只剩最後一秒，看著他惶惶然噴煙吐霧的狼狽樣，我突然想到這應該是他此生的最後一根菸了。

然而我還下不了手。我努力回想幾個小時前是怎麼搭上車的，除了剛開始恐懼帶來的茫然，我似乎高估了情勢，他已經沒有想像中的強了。青澀往事都已過去，他沒有把我打垮，也沒有讓他自己站起來，這樣的敵人還能勾起我的恨意嗎？

此刻的山谷飄來更凜冽的風了，看不見的草叢中唧唧響起寂寞的蟲鳴，小徑上兩個人的腳步聲凌亂而慌忙，像奔走在火場中找不到水喉的救火員。我想喊喊胖子，倘若還有什麼該交代的，那就叫他父親死心吧，我盡力了。

我也想叫住黃君，別跑了，附近根本沒有村家，記憶中我所走過的南橫，應該是過了天池往梅山行進的途中才看得到明顯的燈光。與其摸黑尋路，不如四處找狗一樣呼喚幾聲駱大海，他該不會趴在石縫裡睡著了。

或許我也該和另一個人說說內心話了。

咖啡館你所看到的，是我第一次偷情的馬子，那又怎樣。她從來不要錢，我刻意停在香奈兒櫥窗前，她走在前面頭也不回。你不妨想像以你大她一倍的年齡，有辦法像我這樣挽著手，偎在祕密花園裡共舔著冬天的冰淇淋嗎？那麼——我是怎麼辦到的？也許你想知道，首先你必須是她的英雄，你不必灑古龍水，但你的幽默要有芳香。你也必須悠閒得非常有作為，當你刻意關掉了手機，還是該得安排幾個慌張的跑腿，來到耳邊對你咬著竊竊私語的報告。你雖然操控世界但你還要深情款款凝視她的眼睛；英雄不都這樣嗎，英雄作愛的時候，門外的兩路人馬還火拼著哩。女人面前你要是拿不準什麼是有心無意，那就別指望天雷要去勾動地火。當然，接下來的就是你所帶給我的傷痛了——你看她在咖啡館裡動不動就嗲三聲露兩下，以為我終日就沉溺在這樣的深淵嗎？其實當我貼在她的胸口時，每次我都想哭，畢竟那不是我真正所要才讓我迷惘再三的歡樂幻影……。我說得遠了。

我真正的迷惘，這麼說吧，為什麼應該屬於我的雪反而特別讓我感到哀傷？

作為一個想要把我擊垮的傢伙，其實你根本不配坐在我旁邊，你的卑劣手段已經用光了。還記得畢業前夕吧，你搶下我的制服帽丟進了汙水池，為了洩憤也把自己的褲管弄髒了。那頂帽子經過你無盡的踩踏後，不僅變了形，還沾滿了黑泥，但它終究還是一頂帽子，我甚至刻意留住了它的汙濁，第二天依然戴去參加了畢業典禮。

當然，如你所願，高中畢業後，雪果然也從此離棄了我。

但畢竟我不是你。同樣的事情發生在我身上，你知道我想著什麼嗎？當你們風光進大學，而我必須每天騎著單車到那荒郊的瓦斯工廠出賣勞力時，有誰知道明明那已經是人生最不堪的起步，我仍然相信著雪終會成為我妻子的想法是完全沒有改變的。

你是否真的想聽，我從來沒有告訴過任何人。

瓦斯工廠破例雇用的少年，身高一六八，體重四十九，瘦削的雙肩落著兩支鋼瓶，像個醉漢來回走在危橋上。除了苦力，我還學會瓦斯鋼瓶的耐壓測試，懂得檢出一個個過期的安全閥，把老鼠啃壞了的軟管全部更新，還負責把殘漏不盡的廢氣全都吸進肺裡似地，過著想盡辦法也要活下去的日子。但你相信嗎，其實我的心窩是溫暖的，得來不易的這份工，正是家裡賣瓦斯的駱大海從上游工廠轉介給我的機緣；我每天期待的是他從大學放假回來的日子，他會來履行我們的約定，由他開來的小貨車上，偶爾就會乖巧地躺著一具扣人心弦的桶裝瓦斯。

「喂，這次好像特別急喔，菜煮到一半，你現在送去剛剛好。」他說。

啊，多幸運的我。駱大海待車上，我自己按門鈴，幫傭會讓我走進別墅側院，瓦斯桶平常就安裝在屋後的水溝上。這就夠了，我聞到了桂花香，運氣好的時候還能聽到屋裡傳來的陌生語架，感覺終於見到熟悉的親人那般。直到後來我再也耐不住，才使出了把鋼瓶倒鎖的花招，果然聽見屋裡的婦人頻頻空切著爐具開關的聲音。

怎麼會這樣呢——嘀咕在幫傭背後的我，終於第一次走進了雪的家門。我不敢直視雪的母親，只能偷偷望著裡面的穿廊，那紫黑的木地板映著前院篩進來的零碎光影，像一條雪已經離去的寂寞小路。

「你不是那個姓葉的小孩嗎？」她母親說。

我也見過雪的父親了。在市鎮交界的高球場裡，我爭取到草皮工班的職務，每天負責補植球桿鏟過的坑疤，直到第一洞開球後才退到外圍去割除徒生的草蔓。終於來到的那麼一天，他的小白球果然神準地滾到了我腳下，我遠遠看著他碎步尋過來的慌張身影，心裡那股暖流便又浮了上來。他來到我旁邊，急望著果嶺上的旗洞，似乎想要採取直攻。我憑著多次看球的經驗說：「這樣不好，先用短桿帶到旁邊比較安全。」

眼前都是擋路的高樹叢，明知揮不過去，他還是緊握著五號鐵桿，直到桿弟揹著球袋跑來，他才悻悻地瞪我一眼。

「你不是那個姓葉的小孩嗎？」一樣是這樣的台詞，然後他摔了球桿，啐了一口痰，「走開，不要站在我這裡。」

多年後的回憶裡，我忘不掉的畫面是他的五號鐵桿充滿怒火，小白球往上竄飛後，樹叢中猝然閃出的兩隻黑色大鳥把幾片碎葉震落了，無辜的白球掉在樹幹下，顆粒狀的球面刷出了一道青斑，像隻瘀傷的眼睛哀怨地看著我。

那時候的我並不了解什麼是悲傷，但要說我毫無痛楚，也是因為我懂得暗藏下來的緣故吧。

雪不在的小鎮，眼中所見已然空寂無人。我的單車越爬越吃力，每天下工後緩緩爬著就又來到她家的院牆邊。雪的樓窗緊閉，陽台上的燈籠花已經攀上瓦頂，兩棵大黑松高高對著屋簷垂視著，像她黑影幢幢的父親母親。

她家的宅院一直是我們小鎮最顯眼的冠冕，醫生父親每早穿著睡衣在院子裡看報，母親則或許因為得過特考榜首的緣故，連蹲在地上修剪花木都還穿著黑色法袍。可想而知來自權威家庭的雪，她的世界就像一幀三人定格的全家福，父母兩旁，她站在中間，像被呵護但也似乎永遠被他們看守著。

我仍然四處做雜工，領回的薪資分文不取，每次趁著父親的債主離開才偷偷塞到母親的縫紉機上。起初她不知所措，微顫中握著拳頭，我知道她想哭，但她忍住了。後來幾次慢慢適應後，她才安心流下淚來，那神奇的淚珠彷如泉湧，一滴滴流得爭先恐後，好像化為一個字又一個字那般搶著對我說話，卻又不讓我聽出任何言語。是一種沒有聲音的吶喊嗎？是一種充滿生命的死亡嗎？我看不懂她的樣子，只覺得這時的她其實很美，她把淚流乾後，突然淘氣地往腳下輕輕一踩，縫紉機便開始發出咧咧咧咧的輕響，像一節脫隊的車廂開始載她離去，從此再度展開一場孤單的遠行。

有時她會把錢塞進夾襖，輕輕拍了兩下，防著它醒過來似地，「以後你結婚，這些錢要買大餅，裝滿一卡車。」她把絲線沾上口水，兩根手指把它捻尖，試了幾次還是沒法穿過車針，「小雪都沒有寫信來嗎？」

我只在心裡告訴她，以後的世界，沒有「姓葉的小孩」這種說法了。

幾年後從軍中退伍的夏日，我扛著行李住進三重埔的一家小旅社，終於望見了夢中台北的淡水河。那時我把手上的舊報紙又看過一遍，沒錯，我中意的一份正職，應徵時效雖然已經逾期，但我還是來了。

你別只顧發抖，說不定我們很快就能得救，這應該還不是你最需要擔憂的；當我勇敢地跨上台北那個陌生之地，其實已經走在即將把你打敗的路上了。

你害怕外面的聲音嗎，那是空中滴下來的雨露正在敲著車頂，車身既是傾斜著，水窪還沒成形便又流了出去，難怪會像老沙灘忽然嘩起一波疲憊的浪花。不過別緊張，你再抽根菸吧，我還沒聽說過死神會刻意打斷一個吸菸男人的思維。

對了，明明我的資格不符，你知道我憑什麼讓那家公司非錄用不可嗎？

才剛退伍的第二天，我的額上還殘留著鋼盔的紅箍痕，下面是兩年前塞在軍用櫃裡的喇叭褲，走起路來腳尾拍著風，連灰塵都跟著駭動。主考官要我坐到他前面的圓凳上，他的桌面大得像一艘船。但他忽然端著脾氣，他說他很忙，何況應徵程序早在昨天結束了，人事經理早就已經休假走人。

「不過，」他說：「我活了半輩子，倒是第一次看到有人打電報來應徵。」

他從桌上拎起那張灰濛濛的特急件，「小子你才高中喔，那不就完蛋了。你知道昨天樓上樓下應徵的人潮像海水倒灌嗎，只有兩個人勉強留下來候補。」

他指著面前的兩瓶黑色玻璃罐，眼尾溜出了一道賊色，「我給你試試，等一下我會喊開始。你要告訴我哪一罐是鹽，哪一罐是糖？聽清楚，我給你的時間是一秒鐘。」

我的思緒應該暫停一下，你應該也聽見了，車子外面突然出現奇怪的聲音。

可是，你相信嗎？他只給我，一秒鐘。

我的臆測沒有錯，駱人海還活著。

很晚的時候，不遠處的坡坎傳來了一聲聲亡魂般的哀吟，胖子只顧撲著聲音跑，但那聲調時近時遠，像在空氣中彈跳，轉眼又在胖子的呼喚中噤默著。最後還是駱大海自己從黑漆漆的芒草堆中攀伸出來，「別喊了，我就在你腳下啦。」

根據他的說詞，他從駕駛座飛出去時，全身趴在風中像滑翔翼那樣降落在彎坡下的叢林裡，那裡有水澤也有非常柔軟的苔蘚，甚至還有一條蟒蛇冷冰冰爬過他的脖子，用牠閃電般的舌尖輕輕舔著他的額頭，「我一醒過來，感覺好像睡在蚊帳裡。」

「幹你娘，你竟然沒有死。」幾近哽泣的黃君尖聲笑著。

有了駱大海的重生，旁邊的傢伙終於又開始蠢動，他再度點起香菸，火光下的鼻翼像缺水的花片瑟縮著，「不管怎樣，你先讓我下車。」

他似乎提醒了我，原來我還主宰著他的生與死。答應或不答應是那麼微妙，彷彿一瞬間就能決定一輩子，多可怕，多像那個血脈賁張的一秒鐘。

一秒鐘能決定什麼，人生只是一罐鹽或一罐糖嗎？那場景那瞬間我不僅錯愕而且我想哭，我心裡吶喊著別開始別開始別那麼快就喊開始。如果答錯了，難道要我回去過著糖跟鹽都分不清的人生？對方五十出頭歲，兩邊太陽穴飽滿發光，兩隻眼睛紛紛射出無情的殺意，而他的指尖正興奮地敲在桌面上。然後那聲「開始」果然脫口而出。

一秒鐘。

不是糖，也不是鹽。我爆出了巨大的喉音，「是——胡椒。」

我的叫聲迴盪在那房間周遭幾乎長達一年兩年。反正後來不斷出現的夢中，我常常因著胡椒胡椒的嘶喊而驚醒過來。我雖然不敢想像當時一個箭步衝上前的畫面，倒是永遠記得我的兩根手指猛然插入罐中然後快速回抽，再塞進嘴裡所呈現出來的那股人生況味：微鹹，微辣，微微令人失落與不安。

那年除夕前我偶然聽到的同事傳聞是，絕大多數應徵者接到指令後的呆滯與納悶其實早就超過一秒鐘，少數還保有生命律動的傢伙乾脆眨著眼睛瞎猜，一半猜鹽，一半猜糖；而像我這種把人的獸性直接射出去的，已經不是人類，應該叫做魔鬼。

後來我才知道，老闆就是那天的主考官，他攜著小祕書正要出門，那份我突發奇想的電報纏住了他的神經，於是決定要瞧瞧我會是個怎樣面對各種危機的人。

危機並沒有終止。我被派任的工作是到各處工地搜尋糞便。沒錯，糞便就是糞便。我找到的糞便不用自己清理，只要一坨坨記錄下來，B棟八樓客臥一坨，H棟頂層公衛一坨，B2擋土牆A柱S柱各兩坨，以上均為工人糞便其餘不計……。

從我鉅細靡遺的紀錄中，哪一坨糞便由哪個包商負責罰錢非常清晰明瞭，我甚至會在每日報表的結語欄註明土狗、寵物狗或家貓野貓的便溺各若干。至於各處工區偶爾聚眾玩牌或者就地鋪起兩三酒菜，那就與我無關了。比較困擾的是外面的檳榔女販常常溜上來，先把外套脫在門外的梯間，一進門便兜著藏不住的乳浪開始叫賣，賣完檳榔米酒維士比後忽然就地賣起她們的寂寞孤單。老練的女販兩手趴窗朝外看，給自己把風似地任由對方馳騁沙場；年紀輕的大多矜持再三，放浪中不忘羞赧，會要求旁邊圍起廢棄的模板，然後才願意像隻扭捏的小綿羊走進羊圈，全身脫得光溜溜，臉上只剩口罩還戴著，防著半路鄉親或者也防著自己萬一喊出激情，於是唔唔之聲經常處處可聞，像蒙著棉被不斷飄出少女的夢囈。

我以二十五歲處男的靦腆悄悄閃躲這些畫面，狂躁的胃酸還是澎湃到腦海，踩著階梯下來必須緊按旁邊的扶手，否則我無法順利完成人類與狗的糞便解析與統計。

每晚我什麼地方都不去，九點準時躺在夾板宿舍裡，一連三個月的糞與憤怒終於開始醞釀與爆發。我相中了老闆回家的必經之路，那裡剛完工的大樓旁邊立著一面巨型看板。我所期待的強烈颱風終於在島上登陸的那天，黃昏後的城市果然陷入雨海，暴風強襲，電視螢幕斷訊，窗玻璃開始發出碎裂聲。我穿著制服出門，抵達工地時已經濕透全身，接著我開始脫衣，脫到只剩一條內褲緊貼在鼠蹊瑟縮著，然後我開始爬，一步步攀著看板背面的竹架，最後才從被風颳空的格子中露出臉來。

那時我的神情想必充滿滑稽的悲壯，彷如一名倖存的水手扳著破帆搖晃在怒海中。我顫危危地抱著竹架，高度剛好平視到對街的樓頂，整座鷹架不斷發出拔地而起的警訊，咿哇……咿哇……，咿哇咿哇。那一瞬間我想起了雪。僅僅隔著一座台北橋，為什麼前往她的世界是那麼遙遠。她的大學應已畢業，她的頭髮留長了嗎？那股藏在眼睛裡的敵意應該變成嫵媚的模樣了吧……。

鷹架隨時會倒塌，倒塌的聲音不可能被聽見，四周連路燈都滅了，只有黃濛濛的車燈偶爾會在一片蒼茫中照過來。但我仍然不放手。只要老董回家，他的車子應該會停下來，這裡是他的財富地盤，難道他只關心糖或鹽嗎，他當然會在驚嚇中搖下車窗，然後氣急敗壞地對著空中狂叫著，你你你，你不要擔心這些廣告看板了啦。

兩年後我被拔擢為董事長特助，五年不到已經晉升中部新公司總座之職。滿六年的某個秋日午後還不到兩點，我已穿著筆挺的西裝坐在沙發裡等待，喉結下的鈕釦卡住吞嚥長達半小時。兩點整，我可愛的女祕書準時推門而入，那個奇妙的瞬間終於打開了我的世界，訪客穿著嚴整的深色套裝，跟在祕書後面走了進來，雪的母親。

她在我的約聘書上簽字，從此成為法官退休後第一家企業的常年顧問律師。一陣寒暄中，彼此雖然沒有談到雪，卻同時曖昧地憶起曾經住過的小鎮，連巷子裡不掛招牌的一攤蚵仔煎都讓我們懷念得異口同聲。為了預防話題突然中斷，我竭盡所能搜索著其實非常有限的鄉里趣談。但她笑得很苦，嘴角的粉霜爬出了皺紋，約略看得出她還有一樁心事想要啟口，卻又期待我是否能夠自行體會。

很快來到的第二年秋天，我身上終於別著一叢胸花，恍惚走進了那天夜晚的光榮夢幻。婚宴在我投資的飯店裡舉行。我的岳父提早喝得醺醉，他在後台休息室裡頻頻空揮著手勢，提醒我在把小白球揮出去的瞬間，眼睛脖子一定要跟著桿尾的弧形韻律轉到底，眼睛若是盯著球跑，保證那顆球會跑出意外的方向，「懂了嗎？絕對不要往前看，」他放下酒杯又示範了一次，「要像這樣，這樣……」

我心裡告訴他，那不是我要的人生。我這一生可能不適合高爾夫，也許我可以學射箭，把弓拉緊後就得往前看了，眼睛盯著標靶，心裡想著標靶，不論清晨黑夜甚至從生到死，我對人生任何一個標靶都能屏住呼吸直到心跳完全停止。

當我們哼哈著彷彿人生各種荒謬的球路時，披著白色頭紗的新娘走了進來。

「你們為什麼不出來，客人都到了。」她冷冷地看著我。

那是頭紗裡的雪的眼睛。她是不情願的，但我還是流下了激動的淚水。

雪的身體，雪的靈魂，如同一隻手的雙面，都在我身上擁有了。我是這麼想的。蜜月旅途中我還帶她住過小鎮的夜晚，也特別繞到天后宮拜禱一番，那忽然瞥見的門口的石鼓上，彷彿終於跨上了十來歲的我哩，而廣場上的呼聲不絕，玩伴們紛紛露出羨妒的神情，且我一坐上去就不肯讓位了。不能把我超越，那就只好羨慕吧，那些愚蠢的掌聲聽來是過時了，下一個戰場還等著勝利歸來的我呢！在那匆匆一瞥的意識中，雪根本無法體會我心裡的細微。

她的哀愁一直映在臉上，從新婚之夜起，到分手那天都沒有消失。曾經鄙視我的老人，十年後為我欽定了夢中的婚姻，然而這份榮耀卻成為雪的屈辱。對於我忽然成為她的丈夫這件事，似乎視為命運那樣地忍受著。

她不發脾氣，也不對每天深夜回家的我發出怨言，若有幾分不快也只是隨口輕聲，說完就過去了，好似說著姊妹間的瑣碎事物。當她後來表達想要重返教職的念頭時，臉上也還看不出幾分決意，那種冷漠與冷靜彷如與生俱來，彷彿即將遠赴殉情的約定，是那麼細膩地、那麼惆悵地打包著離家的衣箱。

「怎麼會這樣？」我說。

「你讓我害怕，」她別開臉，閃出淚光，「為了打敗別人而活著，你變成這樣的人了。下一個目標又是誰，你都想好了嗎？」

有人還在聽我說話嗎？

有人知道在這寂寞荒山，還有我這個有話說不完的人嗎？

兩眼盯著黑暗山谷的另一個人，腦海裡只有等待中的紅色警車燈吧？

十一點過後的雪，裹起她孤單的棉被，關上宿舍裡的最後一盞燈了。

其實來不及了。沉默的坡坎吞食了太多的雨露，僅有的兩個車輪突又陷下幾分，原已碎裂的擋風玻璃開始一片片震落下來。胖子他們聞聲衝到窗邊，個個只能彎腰背著手，活像一副謙卑的問路，生怕一道粗心的指尖就把車身推落了。

這時旁邊的傢伙緊緊揪住我，「這樣下去我們都會死，我要下車。」

我總算看清了他的臉，三角眼很亮，很像一抹孤獨的星光。他急著掏菸，發現盒子空了，嘴角挫了一下，忽然咽出了濃重的鼻音。

「不要怕，你本來就是應該活下去的人。」我說。

「啊，你為什麼這樣說……」他叫了起來，不敢相信耳朵，不敢相信我。

他的談興或許正要開始，我卻覺得一切應該結束了。

難道是我的錯覺，屁股下的座椅正在傾斜了，真的來不及了。我打開頭上的按鈕，車子裡忽然凝亮起來，像慢慢暈開的謝幕後的散場燈。

我把上身縮緊，抬起雙腿擱在皮椅上，空出了通道讓他爬行。

外面揚起的叫聲是那麼飄忽，而我只聽見自己的喘息，「出去吧，我要關燈了。」

難以置信也罷，就這麼決定吧。顯然他留戀著最後一眼，看著我，看著美好的窗外，最後總算緩緩闔上眼睛。他壓低了頭頸，開始像一條蟒蛇滑過我的腳下。但他兩腿抖得厲害，上身雖然出去了，膝蓋卻卡在車上無法動彈，幾度試著翻轉，最後才靠著身上的引力慢慢拖移。對他而言這是何等漫長的時光，果然讓他抽噎般哭泣著了。

然而這樣的關頭上，我不想聽到任何哭聲。我真的想要關燈了。我相信黑暗中只要一直凝望著山谷，終有幾顆雲層裡的星星會隱約隱約閃出遙遠的光。當然這都必須因為後來我沒有死。沒有死的人都會活著。我不會忘掉某些還在進行的事，倘若我真的還能活下去，我仍然會依著雪貼在冰箱上的生活備忘錄，一個人過著她不在的日子。

總有一天她會知道離家的這些年，我們的家其實已有美好的新貌。我早已為她設置了一間花房，有一條檀木走道能夠讓她回味老家的樣子，有製成椿形的幾座書櫃營造著寧靜的空間，也有一叢叢燈籠花熱鬧得連樓上住戶都想偷摘一把。而且，以後呢，以後每晚八點以前我會趕回家，我氣喘吁吁等著壺嘴冒出白煙，然後學著注水溫壺，鋪上繡花的茶巾，試著把杯托擱在她的空位上。當我提著茶盅準備出湯時，我也會盯著指尖的顫抖，從跳晃的湯煙中嚴格挑剔我自己的內心。

我的心真的非常非常累了。從咆哮的會議桌一下子要遁入絲竹悠揚的茶席，多像剛從廝殺戰場突然走進禪室中，多麼難，多麼令人惆悵與不堪。但我努力著了，茶道中的寧靜會來洗滌我的心靈，我也會隨時期待不久的深夜，有一聲甜蜜的電鈴響遍門廳。像一場剛剛解散的姊妹淘們的越洋旅行，她纖弱地拖著令人失笑的笨重皮箱站在門外，一切像夢一樣離奇。

一切都結束了。讓我這麼說吧。

妳看，我連他也放過了啊。

讓我也把天后宮的結尾說完吧。我茫茫然從石鼓爬下來時，天已黑了，才想起上學前母親要我回家拜拜的叮嚀，原來這天是中元節。回家後的餐桌沒有開燈，母親等我吞了第一口白飯才奪下筷子，她拉著我出門，把我綁在巷口的老樹下，讓黑暗中的蟻群在褲檔中爬進爬出，每一口銳刺般的叮咬彷彿傾注著她的哀淒。

我生命中第一次嚮往的最高點，便是那樣崩落下來的，後來只要夢中出現無人的廣場，我幾乎都會驚醒過來。每天我準時上下學，多餘的童年醃泡在小小鐵皮屋裡，親眼看見被債主追殺的父親走到家門口才倒下的遺體；直到後來，我也親眼看著母親最後一次踩下縫紉機的身影，她的車針忽然靜悄悄停在一隻別人的袖口上，額上的皺紋連著眼角瞇在一起，彷彿沉吟在某個非常隱密的深處，從此再也沒有睜開眼睛。

我暗自發誓要爬上人生更高的石鼓，應該就是那樣的困境中萌生的意志吧。

那時我一直深愛的妳，不就是我這一生中最大的鼓舞嗎？倘若我不想贏，倘若我沒有將任何人打敗，試問我還能憑靠什麼擁有妳。

當然，妳離開我的理由或許就要消失了。

我真的放過他了啊。妳聽，他的哭聲終於停住了。他的膝蓋終於開始往外蠕動了。他因為哭泣而忽然凝聚起來的鬥志，看起來真像一副已經把我打敗的樣子呢。

妳會害怕聽到車子突然墜落的聲音嗎？我不會害怕，我只是非常非常悲傷。

我的杜思妥

「小子，一個人不想看到你，都會表現得很謙卑。」

「是這樣嗎，我看他差一點把你抱住了。」

他望著擋風玻璃外的天空說：「我一生中很少和人擁抱。」

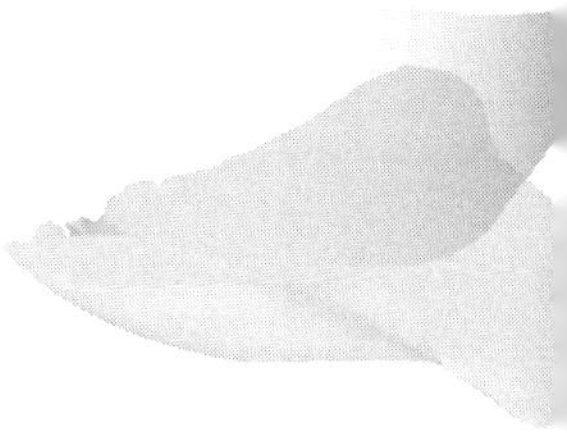

1

只要站在別人面前，我的兩隻手掌就會不由自主地開闔著；先是迅快拳曲，然後為了湮滅證據似地急急彈開，彈開後的手指卻又緊縮回去，於是形成一個又一個慌張的拳頭不斷重複著鬆放的動作。

站在陌生人面前，對方較不在意，初始總以為那是自然不過的腕力練習。唯獨面對熟人，加速中的手掌便就吸住了他的眼睛，他從內心湧起的悲憫往往帶著憂愁，一面顧著和我說話卻又難免偷偷鄙視著它，於是很快陷入一種互相感染的窘狀而匆匆結束原來的話題。

要說有什麼癥結使我變成這樣，勉強來說也是有跡可尋。那時我還在台北念書，每週四次在一個暴發戶家裡打工，他的辦公室設在客廳旁，兩排大牆隨時開著證券公司替他安裝的連線螢幕，中間的通道長得嚇人，占了台北一條街那樣的氣勢。雖然嚴重的糖尿病使他垮坐輪椅，但電動輪子隨時載著他左右搜巡，他握著五尺長的指揮棒，只要在跳晃的字幕中猛猛一戳，同時扯開喉嚨大聲喊盤，號子派來的小姐便霹靂啪啦地按鍵作業，砲火來急去快，不出十秒就完成了幾千幾百張的進出單。那種瞬間發動的狙擊過後，我的工作才得以進行。我蹲在他底下，叩著親人般面對他從輪椅頹落下來的兩條爛腿，腫脹的皮肉除了異味兼呈灰藍的腐斑，掛在檜木桶裡彷如一頭生病的大象來到溪邊。

先從象腿的頂端開始做起。他穿著寬鬆四角褲，輕輕撩起就來到了他的鼠蹊，然後他替我扳住窩在裡邊的巢鳥，要求我用最大的能耐把手掌撐開，然後緊緊壓住他的腿肉，中途不准縮手，要一路往下擠，把他前世今生所有的毒素全部擠出來，擠到腳趾頭才算數，而這樣的動作要做完三十個來回。

他說他的人生只剩一個願望還沒實現，就是站起來行走，他希望我不介意上完一堂課就來做這種差事，普通人都不賺這種臭錢。

然後開始洗腳。洗掉那些倒楣的業障，他說，你會覺得這樣的工作很難嗎？我說一點都不會，我需要——非常需要這樣的工作。

接著才正式進入泡腳的工程。儘管熱水滾燙，檜木桶上煙霧瀰漫，旁邊備用的爐水烹烹沸響，但他的腳掌還是沒有反應，他說他的痛覺神經到了鼠蹊那裡就迷路了。大學生咧，他對著那個號子小姐說。桶裡的熱水幾乎是滾盪的，他還是不斷要求加溫，我則一邊搓洗著他腳趾溝裡的皮屑，一邊默默感應那頻頻刺入指尖的劇痛正在由近而遠，慢慢散去，然後留下麻痺的知覺。

那時我唯一能做的，也只是把浸泡在滾水裡的兩隻手來回伸縮，如同馬戲團裡抱著火球在空中換手的雜耍藝人那樣。認真說來，那只是肉體的試煉，我從未把這件事放在心裡。畢業後我還與人加盟過燒餅店，擀麵皮的雙手也伶俐得很，只差沒讓自己沾上芝麻　起烘進爐火中。我也曾經憑著經濟系畢業的學歷在一家銀行謀得櫃員職缺，在銀行那時還沒讓金控公司整併的短短幾年裡，我親手點閱的鈔票何止千萬張，也從未被人指責有過絲毫短少。後來回到鎮上的毛襪工廠任職，無論驗貨出單大小事，或者老闆娘託代的換尿片泡奶粉以及哄著小娃兒玩鈴鐺，我都能靠著平庸的能力處置得妥妥切切，每天非常安心地被人漠視著，從來沒有任何一隻眼睛會特別瞧我多久。

一直到確認了靜子的結婚，才變成了這樣的體態。

那天早上的鎮街普照豔陽，迎娶的車隊卡住了兩個路口，喧天的鑼鼓把新娘家的老屋頂震盪得像一艘危船那樣飄忽，由鎮長夫人帶來的一群課室主管邊跑邊慌張地穿戴著白手套，生怕萬一錯過男方富豪臨幸的榮寵畫面，這小鎮將要永世沉淪。

十根手指突然奇異地蠕動起來，便是靜子的白色婚紗乍現簷下的那個瞬間。起頭只是指尖的顫抖，感到寒冷，自然握緊了拳頭，沒想到它竟不聽使喚而掙開了。再一次握緊，指頭還是掙脫了出來。喧鬧聲中我拼命嚥著口水，我知道我只是稍微慌亂著罷了，除了暗自平撫著內心，我還試著把十根手指輕輕說服，像哄著小孩躺進被窩裡似地，沒想到它們竟也跟著同樣的節奏，又緩緩地張開。

由於手掌這樣的變故，往往牽動著微妙的神經機能，有時會在太陽穴上跳弄幾下，然後像是某種邪術的驅使而擰住我的臉頰往下扯，或在體內忽然竄起一陣涼意貫穿全身，要一直到我狠狠地咬住牙齒，那種陣發性的突擊才會在身體某處戛然息鼓。

然而，拳頭什麼時候異常縮放卻還是管不住的，那種狼狽樣，像是不斷向人傾訴著抓住又消失、消失又抓住……那樣的訊息。

站在你的面前，要說的當然不是手掌的故事。

迎娶的車隊揚長而去後，黃昏前我也搬回到兒時的家鄉。這裡的村家已經沒有熟悉面孔，即使有人見過七歲前的我，人世風物的變遷也早就阻卻了任何聯想。這地方唯一沒變的是村長家右側的堆肥還像小山那般高，瓦頂上一穗穗的玉米依然曝曬著，陽光下一壠壠新收的穀耙滿了整個曬穀場。

我就住在這裡。老村長過世後，廢棄的豬舍改成了矮房建築，除了最裡間躲著我這樣的人，前廊兩側住著幾個濱海工業區的設廠籌備員。矮房前貼著奇怪的告示：凡有女性來訪，請由後門進出。所謂後門就是從我房間後面泥牆上鋸開的三尺柴板，只要風來就刮出咿呀一聲的鄉野氣，上面則貼著歪歪扭扭的字語：禁止過夜喔。

村長額頭很大，可惜生來一勾的小臉，隨時溜著惴惴的大眼睛。他說他的禁令是不得已的，去年一個廠務主管帶著女人過夜，火鍋煮到一半就把房間家具燒光了。

你是美國人唷，厝租一納三個月，現此時欲到期你才出現。他嘖嘖抱怨著，但顯然很高興我終於住下來，來來回回拿著掃把抹布工具箱，自顧說著他尖細的腔調，沒空等我應答。你是老師嗎，抑是什麼工程師？以前嘛一個同款，攏是文文仔笑，莫愛講話，哇，到尾仔我才知影伊是大舌猴，講一句話吐三點鐘。啊你哪也隨時揑一枝筆，我看你不是普通人唷……。

我把自己禁閉起來了。每天晚起，過了正午才勉強吞下幾口粗糧，一日將盡時才摸黑尋找鄉街上的麵攤。幾箱舊書看了三個月，讀累了轉而寫字，寫信給靜子，寫好寫壞好像只為了最終將它撕毀，然後就又來到一樣黯慘的深夜了。房間的窗外有條河，每到深夜就有人在對岸打著燈，那黑暗中的光影幽幽晃亮，緩緩垂落的網撈四周漫盪著附近海溝溢流過來的潮水。一日尾聲最後的畫面，幾乎就是那一縷漁燈終於熄滅的瞬間，整個河面頓時陷入黑漆，偶爾傳來那捕魚人低低咳出的一聲嘆息。

來到歲末，體內終於起了變化，夜夜從驚悸中醒來，慌張套上鞋子，走晃幾步才停下來，慢慢察覺外面還在沉睡，只有一種無聲的聲音在體內流竄，像來自孤單的橫笛又像嘶啞的薩克斯風，或者就是雙管齊下的對決，一起混奏著突兀難忍的哀傷。

我強烈感覺若要活下去，就把自己的故事寫出來吧，證明我不是因為靜子才陷入這樣的哀傷，而是從我出生便已走進這樣的旅程了。為了練筆，塗了兩篇無關的詠物小品；也為了凝結思維的深度，試著把偏鄉的放逐熬鍊成詩。沒想到小品文被兩家報刊相繼退回，至於那些分次投遞的詩作則被裹在一個發霉的信封裡寄還到我手中。我雖不因為這種打擊而放棄想寫的過去，只是剛開頭的熱情終於冷卻下來。我的猶豫也算理所當然，有誰管你的故事悽不悽慘，我出生遠僻的荒村但鄉土文學剛好也在那個時代畫下句點；然而我也不夠老，既不能像悲憫的行家去抨擊醜惡的金錢物質，對所謂貧窮富貴其實也毫無深刻概念，否則靜子的母親也不會有那般嫌惡的眼神了。

小臉村長闖進來幾次，我從柴門的咿呀聲中還能稍稍提防，有時他直從大門入侵，躡著腳尖，忽然一把推開。好險嘸吵到你，邊說著，一大碗紅豆米糕直抵我下巴，還附上筷子擱在碗口。啊你咧寫物件喔，無簡單唷，我一個叔公卡早日本時代聽講嘛寫詩，用毛筆寫咧，你知否，伊就是有法度一捆白紙舞到黑索索，一寫歸百首，寫到吐血嘛繼續寫，比彼個蘇碗糕，你知否，彼個啥咪坡啊，擱卡厲害。

像他這樣鬼魅般不時出沒著，原以為這是非親非故非常難得的關懷，我毫無警覺到原來從我踏進村莊第一天開始，已經被他窺視著了。

來到這天夜裡，我用路邊撿來的一條麻繩悄悄拋上了橫梁，剛在空中拉出一個結實的項圈正在晃盪著，竟也被他有意無意撞見了。他的小臉因為驚慌或者害怕的緣故，忽然溶解在昏暗的光線中，只剩青森森一對貓眼直視著梁上的鼠輩似地。我舉著雙手扣住項圈，朝他示範那種引體向上的鍛鍊是多麼地艱難，原本還想開口說，我正在練吊環呢，然而這時也只能垂萎地掛在半空，那一瞬間消逝的臂力也許來自羞慚吧，當我慢慢滑落下來時，他已經一聲不吭走了出去。

梅雨開始下著了。一日午後放晴，田壠外的竹林終於傳來初唱的蟬鳴，簷外那些多刺的柚樹也飄出濃郁的花香，我掩著草帽躺在屋廊下的長凳睡著了。醒來後的曬穀場卻已經譁然一片人影，廣播聲還在空中迴盪著，說是一個建築業大老闆親自來募工，此刻他就坐在場中央的那部黑色轎車裡。

幾個平常依賴短工度日的壯丁搶著填表，村長擱下麥克風後走了出來，他直接趴進車子後座說著什麼，留下兩隻大腿斜撐在車門外。我拾起草帽繼續蓋住眼睛，卻已靜不下來，聽見車門關了又開，一些落葉被踩碎的雜音不時傳來，這時突然聽見那張小臉用他尖細的聲音說：他還在睡哩，樹仔腳彼個，倒在椅仔頂。

不久之後，儘管我閉著眼睛，猶然發覺有人朝我走來，像一團強烈氣流虎虎逼近，這個人一站定就俯身下來，毫不掩飾地垂視著我，然後用他低沉而嘶啞的聲音說：我要像你這樣，不如去死。

我想了很久，無法動彈，那聲音似乎還在迴繞著，這輩子一直讓我無法忘卻的聲音就在這裡了。我以為他還有下文，結果落空了。我直起上身，這時他卻已經走進喧譁的人群中。

那部黑色大車後來發動的時候，他在司機緩緩關上的車窗裡從容地往後靠，拿起墨鏡架上了鼻梁，那彷彿鄙視著我的神色這才消失在揚長而去的灰煙中。

完全沒有想到，我這一生中還會看到他。

2

四月穀雨，燈籠花開，村間靜得只聞雞啼，埕邊牆上的告示早已糊在雨中，那上面寫著募工條件和報到時間，其實兩天前的大巴士已把那些壯丁載走了。

不放心的小臉村長從附近秧田折返時，我還呆坐在房裡，他刻意敲了幾響，語調也不輕鬆了，只問行李為何還沒整理，他一邊推開柴門望向雨中的青秧，一邊說著都會城市正在大興土木的盛況，那幾個被徵招的壯丁都是到工地紮筋的鐵工，只有我是文書職，這還是他特別推薦才有的機緣，可惜報到時間只剩最後一天。

我只想著這件事該不該告訴母親。她在山寺裡的修行已近十年，塵埃在她眼前該已落盡了，要她回頭聽我談起幾天前的奇遇，沒有比這更殘忍的吧。

然而要是沒有她，一切還會那麼真實嗎？

母親和我從小是寸步不離的，每天挽著她的袖子幾乎就是童年的印象。而挽著袖子所看見的，經常就是那台頻頻出現的腳踏車，時常歪歪斜斜朝我們衝刺而來，由遠而近，兩個輪子匆匆煞住，撇下左腳撐住了車身，然後大聲喊：「妳有錢否？」

得不到想要的答案，那兩個輪子便急躁起來，車頭一扭又消失在邊巷中。

只要挽著母親靜靜看著，迷惑的事也能看明白，她會慢慢說著，像是說著別人，眼睛直直看著雨，看著前方路上的屋頂或者一棵樹，「他輸光啦，現在腳踏車停在巷子裡面最後一間，借不到錢，很快就會回來了。」

果然回來了，大口吃飯，滿嘴塞得鼓脹，眉眼兩邊一些浮跳的青筋忽躲忽閃。桌面兩碟小菜，有時只有一盤絲瓜，但他很少去夾它們，他的心思不在這裡。他會在吞飽了白飯後往嘴裡丟著花生米，嚼兩下，停很久，有時嘴巴忘了閉回去，一動不動地癱坐在他的椅子上發呆。

他在想事情，母親說。母親開始洗碗，然後在身上擦擦手，走過來檢查我的注音練習簿，然後自然地說起來，「他想的事情很多呀，明天到底要去做油漆工，還是想辦法借錢去翻本。他當然也會想呀，明年你要上學囉，家裡不能沒有錢。」

找他上工的包商一個個躲開了，借給他的錢不敢來要，怕見了面又纏著要周轉。母親又說了，「爸爸沒什麼大缺點，你看他也不抽菸，才不像別人。也很少喝酒呀，捨不得買酒喝。嚼了半天的檳榔渣，最後也是吞下去的，好可憐。」

我並不知道那時的母親其實已經瀕臨生病的界線，她說著平淡的語氣彷彿就是為了治療她自己。然而我卻因為她的輕描淡寫而開始對他景仰起來，悄悄期待要是有機會單獨和他說話那會多麼幸福。期待終於實現的那一天，遠遠發現那熟悉的腳踏車轉進小路這邊時，我第一次發覺自己的心跳原來是聽得見的。我終於單獨擁有他了。我羞怯地朝他笑著，然而他的神色土灰，腳踏車拋在牆角，進到屋子裡便開始動起手腳，每個抽屜拉到底，爬滿蜘蛛網的老櫃子也放倒下來，翻出的衣物散落一地。臨走的時候他才看著我，俯低了上身，張開他的血紅大嘴，把一股濃濃的檳榔味哈在我臉上，然後用他那嘶啞的聲音說：「不要說是我喔，知道嗎，剛才是小偷。」

我記得當時的自己還朝他仰望著，臉上沾著檳榔的飛沫不敢擦拭，看著他的腳踏車一推出去馬上消失在巷弄中。

他的體架算是高大，在我眼中像隻老鷹盤旋在屋頂，餓得無法發出聲音，只有在發現獵物時才飛撲下來，就像那天進來抄家打劫的狼狽身影。

二十多年後他疏忽了。聲音是最容易辨識的，何況是那老鷹的聲音。

・

我決定開始打包衣物時，並沒有找到出發的理由，只因離報到時間非常緊迫而讓我生起了恐慌之感。顯然我只在意著報到這件事。我相信像他這樣突然混到那種層次的厲害人物，什麼世面沒見過，若我還是躊躇不前，最後一刻他還是會把門關上的，那時我才懊惱他憑什麼能夠逍遙自在，豈不更加愚蠢可笑。機會既然出現了，那就溜進去把他看清楚吧，最後我是這麼打定主意的。

當我來到鎮上的公路局等著轉車時，心裡卻又猶豫起來。

我會碰到很多人，然後呢，已經相安無事的手掌又開始出現異常。

或者，我將因為自己的平庸和卑微，還沒達到目的就被他們辭退了。

與其這樣。與其那樣。那麼，到頭來……

午休中的車站沒有幾個人，不久之後載著我的巴士將會繞過三角公園的鐘塔，而塔上的三點鐘方向我將看到靜子住過的房間小窗。我所看到的景物雖然都在但其實也都已經失去了，而現在要去的偏偏又是一個陌生的地方。我今天所以變成這樣，難道不是因為他的過去種種所帶給我的嗎？

他最後消失在眼前的那天，我還記得那裡的野薑花開得很美。

那是一間木頭搭蓋的隱密平房，前門是封閉的，屋後臨著一條圳水，他拉著我從水道旁的草叢爬上去，兩腳不時深陷在泥濘裡，我開始害怕起來，濕地上滿滿的野薑花讓我一直想著母親。那時我全身滾燙得沒有一絲力氣，感覺得到身上的重量被他拉著拖行，我不知道他要做什麼，他才剛答應出門打工的母親留在家裡照顧我。

我以為他要帶我看醫生，或是去哪裡玩。

圓桌上圍著五個人。我站在他的肩後，兩隻眼睛剛好對著他的牌。雖然看不懂他在賭什麼，卻讓我發現了連母親也不知道的祕密，他似乎擁有另一張臉孔，突然露著非常專注的表情，兩眼瞇著，紙牌在他的指間緊緊捏住，充滿希望又像恐懼，不敢隨意打開，也捨不得打開，手指慢慢搓著，連他的後腦杓也跟著沉了下去。

那個時刻他終於像個父親，那幾張牌像自己的孩子那樣地被他疼惜著。

終於看完了牌，才想起背後的我還在等待著，於是回過頭問我，有燒否？

然後他把籌碼推到圓桌中間，等待下一張牌發出來，不再回頭，連呼吸都停了。

那天下午我一直聽見快要斷氣的喘息聲在我胸腔內起伏著。但我不願讓他知道，我甚至想著還好有他在，有什麼事他自然會替我排解。那是一種多麼神聖的信賴，我鼓舞著自己一定要撐住，不斷地撐住越來越模糊的眼睛。

直到沉默的賭局突然爆出爭吵的聲音，四個人和他扭打起來，圓桌也被他掀翻了，最後他扛著我衝出去時，我的眼前終於完全失去任何影像。

結果那天晚上他溜出去把那間房子燒掉了，從此再也沒有回家。

3

把我帶去管理部的蔡經理，指給我一張靠角落的位子。前任留下來的文件書類積滯未清，桌面黏著油稠的灰塵，一堆黑白交纏的電線在桌子底下繞來繞去。

看到抽屜裡面有什麼，你就做什麼，蔡經理說。還有，公司正在推行節流運動，我看這件事就讓你來執行。譬如說原子筆，你聽過有人一天寫掉一枝原子筆嗎，不好的制度都給我改回來，就從你開始。你一個一個去問誰要原子筆，先預約登記，舊的拿回來，新的才發給他。這樣你懂我的意思嗎？你這樣抖來抖去那我怎麼交代事情，你是怎樣了，哪裡不舒服？

公司很大，座位上的員工卻沒幾個。我最後進去的財務室，裡面只有一個打毛線的阿姨。我說我要找人，她說她就是，那情景有點好笑，於是兩個人同時哼哈了幾聲。我提起原子筆的新規定時，她說，來不及了。

「酒店喝掉的，每次可以買一萬枝。」她瞪著我手上的登記簿，勾起銀色的線針去摳她的後頸，「反正我不想管了，有多少錢入帳，我就發多少出去，周轉問題本來就沒我的事。哼，原子筆。」

她看我愣在原地，建議我不如直接到董事長辦公室，一票主管都在裡面鬼扯，這時進去宣導原子筆恰恰好。我猶豫這樣太冒失，但她說，去看他們在做什麼也好吧。

報到那天大致就是這樣的情景。我聽完會計的建議後，還是回到座位上等著，放眼看去的大廳、會客室或一節節的玻璃隔間都是空的，只有總機小姐和幾個搬海報的工讀生在走道晃動著。一直到四點過後，我終於為著下班該向誰報告或者找誰道聲晚安之類的困惑，開始擔憂起來。

五點二十分，我總算鼓起勇氣來到總裁辦公室，那個房間的寬度彷彿包圍著一條街面，因為本來有光的甬道突然變暗了，只有門下的縫隙一直有白色煙霧漫出來，像失火的徵兆飄移在藍色地毯上。

我終於把門推開了。我以為我將站在房間中央被一群人審視著，因此當我用一隻手推開後，很快就把另一隻手的登記簿抓回來，然後雙手緊緊握著各自的物件，而且我的腳尖還偷偷地釘死在地毯上。我相信在這要命的瞬間，我已經準備好了。

十來個面孔在一條長桌上圍聚著，沒有人聽到敲門聲，半晌後才有一個主管轉過頭來，問我為什麼站在那裡。我只好把原子筆的事情說了一遍。我相信在這世上，應該沒有人會為了原子筆而站在煙霧瀰漫的眾人面前。

「喔，新來的，那就自己介紹，看要怎麼稱呼你。」

「我叫豐志。」

他噗了一聲，鄰座跟著笑起來。

他這種反應其實稀鬆平常，以前也有人這樣笑著，有的甚至因為直喊瘋子而渾身充滿快感。這時我也很想接續他們的笑點，說些豬屎或鴨屎之類的我的綽號來增添愉悅的共鳴。反正這些突兀的笑聲讓我感到自在，我被他們隨性的氣氛鬆綁了。

為了延續彼此間難得熟絡起來的氛圍，我還主動介紹我從母姓，名字也是後來重改的，一時疏忽了諧音才用到現在，「以後原子筆的新規定就拜託各位，執行太嚴格的話，請不要把我當作瘋子喔。」

果然反應更加歡暢了，幾個原本較為含蓄的傢伙總算放心地爆笑起來。

但我憎恨他們。我們認識的起點是這樣，以後就會這樣；多數人遇到可供取笑的源頭都是不願錯過的，寂寞無聊或者碰到困境時拿來玩玩也就會感到特別欣慰。

我從弧形海灣般的辦公室告退出來時，他們又繼續聊起先前的話題，都是一些你來我去的模糊語意。長桌上除了菸灰缸就是散亂的大小張藍圖，兩支電扇朝著玻璃帷幕的小推窗往外吹，煙霧則從擠壓的洞口迴旋進來。

在那迷離的晃蕩煙影中，領頭坐在長桌主位的側影應該就是我父親，他在圍繞的人圈裡只冒出灰白的髮色，但他從煙霧中咳出來的嗓音是聽了就明白的。我並沒有注意他是否抬起頭來，何況我也覺得他沒有特別看我是正常的；只是個管原子筆的傢伙進來報到而已，他讓其他主管把我消遣一番其實也就夠了。

然而那天晚上，有個疑惑的影像一直來到腦海中環繞不去。

一個月後我總算明白，他們沒事都會在黃昏湊在一起，聊著房市行情的變動、土地買賣的資訊或者女人的肉體，以便延續當天的晚餐以及酒店的行程。那個會計說，建築業攏嘛這套習慣，只是咱這間擱卡過分。我也聽到外面盛傳的跳票耳語了，很多包商陸續撤出了物料和整個工班，他們串聯著見錢才要出工的抵制，難怪村裡那些被載走的壯丁，一辦完人事登記後，馬上就被送到那些缺工的現場去應急。

要說那些同鄉是被利用也不公平，至少每週都有工資可領；倒是我的角色變成等閒之輩，所謂文書管理也就那幾本檔冊翻來覆去，再來只是把已購與未購客戶的資料備註清楚，存檔列印之後頂多再跑幾趟郵局。我雖然沒有綁紮鋼筋的適格體架，但也不再擁有像個雜役般的耐性了。又兩個月過去，會計也辭走了，來了個剛剛畢業的小羔羊。我就跟她說了，雖然是節流運動但妳因為剛報到所以不用拿舊原子筆來換，妳只要在這上面簽收這枝……，才說到一半，我終於萌生辭職的決心。

過了一週後蔡經理找我談。他穿著不用費心的藍西裝，縮水的肩寬拱起兩邊骨架，細瘦的脖子便沉在領子裡，加上此刻他的臉孔皺成一團，很像一個布袋戲偶晾在散場後的空中。

他不斷地嘆氣，說以前求職者想要進來，先排隊等半年再說。

你看路尾那家搞建築的，伊母咧，以前只是賣馬桶的小經銷商。

啊，我們是衝太快了。

他把辭呈推到桌角，摘下眼鏡。這樣啦，你總要讓我去報備一下。

隔日午後，空敞的大廳忽然熱鬧起來，那些每天唬爛的主管們總算出現了。黃昏之前的例會雖然有時取消，但他們大多藉事往外跑，不像此刻的氛圍急凍下來，滿座的辦公室安靜得又像回到原來空無一人的樣子。

而我突然被通知，我必須馬上進去那個海灣般的房間。

·

長桌當然是空著的，但旁邊有個隔屏打開，一個更大的空間隱密在裡面，臨路的簾子沒有捲起，滲進來的微光印在油亮的盆栽葉脈上。他穿著拖鞋，靠近窗玻璃下方來回走動，凝滯的空氣中響著很輕的沙沙聲，鞋面在地毯上沉重地拖行。

他叫我去坐旁邊的沙發，他在等一個電話。然後他繼續來回繞轉，後來慢慢加速，像一隻螞蟻爬在火柴棒上，但也不像，應該沒有滿頭大汗的螞蟻吧。

後來他自己把電話打了出去。原來他想展延貸款，但那沙啞的語聲聽來十分軟弱，好似在懇求對方，卻又不像，因為還沒講完突然就把電話摔掉了，那個話筒搆不到桌子底下的地毯，只能吊在半空中惶恐地搖晃著。

「把你當自己人，我就不忌諱說這些，反正銀行都這樣。」他說。

有了這樣的開場，他乾脆進入話題，「以前拜託我借，現在強迫我還，駛伊母，以為我這裡在下雨。」

接著開始說著心底話，每家銀行的放款額度啦，建築同業搶錢啦，到處放假消息要把他搞倒啦。他發現我沒有認真聽，頓了下來說：「大學念什麼的？」

「經濟。」

「那不是白混了。」他掛上右腿，「經濟用念的嗎，不過無所謂啦，說太多你也不懂，經濟可以像一把火越燒越旺，也可以像空氣一樣把人悶在裡面等死。你只要知道我為什麼找你來就好了。」

我不知道。「你知道這家公司，還有我這個董事長，最缺的是什麼嗎？」

錢吧，我心裡說。

「形象。你懂嗎，現在流行這種假東西。賣產品就靠形象包裝，把幾個鳳梨酥包得美美像一盒鑽石黃金，還沒拆開已經把人感動到掉眼淚。大家都這樣搞，假的變真，真的反而吃虧，我現在就是最慘的例子，蓋房子不會偷工減料，這樣有錯嗎，沒有經過形象包裝竟然就會這麼倒楣。」

他還沒說完，忽然叫我仔細看著他，朝我端起他的臉，合上嘴唇，擺正了下巴。

「怎麼樣，你看到什麼？」

我搖搖頭。

「你還真的不懂，就是請你把形象建立在我這張老臉上。蔡經理說你文筆好，我才想到應該也要弄一本傳記來壯大聲勢，你懂嗎，成功故事誰沒有，那些王八蛋就是經過包裝才能擺在書店唬人。你聽好，明天開始跟著我，隨時把我說的記下來，年底我要印三十萬本，最好雜貨店也看得到，像家家戶戶在貼春聯。」

他通知總機小姐送來一包香菸，塞了自己一根，其餘整包丟過來。

難道你不抽菸嗎？

那，你有沒有喝酒？

沒抽菸，沒喝酒，不要跟我說你也沒有碰過女人。

「那你不是完蛋了嗎？」他朝後一躺，「什麼都不會，那你要怎麼寫我？」

雖然嘴裡埋怨，看來還沒把話說完，那根香菸在他唇側轉動著，像支活動天線頻頻搜尋，轉到一半又停下來說幾句，說完繼續搜尋，然後再停下來。

他說他有一半的日本血統。五歲時，有個婦人帶著行李經過家門口，哭得很傷心，狠狠把他抱在懷裡叫著沙喲娜拉。他說他從此記住了日本女人才有的味道。結果父親回來後拚命打他，說他媽媽早就在阿里山林場被一棵大樹壓死了。

「我父親每天喝酒，所以我就離家出走。後來不是換國民黨統治嗎，我打聽到一個超級有錢的外省婆患了重病，就去她家做雜工，一做三年，直到被我父親找到，當場打斷腿，那時我才十五歲。」

他果真翻起褲管，在膝蓋下方幸運地找到了一個凹陷的傷痕。

「所以，我念的書比別……人……少，」突然刻意咬著字音，「你沒有聽出什麼嗎？」

我不知道他還要怎樣。「捲舌啊，為什麼你聽不出來。那個外省婆教我的，我剛學的時候每個字都捲舌，聽到的人霧煞煞。他媽的後來我才知道，人生不就這樣嗎，沒有必要做什麼事情都要那麼一板一眼。」

我雖然邊聽邊寫，其實很多地方刻意漏掉了。他小時候的事情與我何關，還需要多久才輪得到我的母親，他的生命中難道沒有我們的故事嗎？

後來當我起身離開時，突然瞄見了他桌上的一塊小銅牌。一定是在哪個環節上弄錯了，銅牌上面的名字並不是他。

他應該叫杜統勇。以前莊頭有人碰到他，遠遠就會喊著統勇啊，你是世界勇啦。母親也說，他最厲害了，輸光了也睡得著，難怪名字叫做統勇。杜統勇燒掉房子後，派出所送來的通緝文件上，也是同樣的名字，一個也假不了。

深銅色的名牌上，隸書字，浮刻體，凸顯著奇怪的三個字：杜思妥。

•

我回去翻了一整夜的書，有關杜氏的，杜思妥也夫斯基。

我的文學情人，我十八歲閱讀的杜思妥也夫斯基，已經辭世一百七十年。

那麼多年後，一個荒謬的複製品，一個黑色玩笑，竟然出現在那個可悲的房間。

第二天，我沒有依約跟著他。我藉著總務外出之便，很晚才回來打卡。第三天請了病假。我夢中的杜思妥也夫斯基並沒有施加壓力，而是我自己感到十分羞愧，包括從靜子的結婚、手掌的變故、返回鄉下隱遁尋死，一直到有個可笑的杜思妥忽然出現在眼前，我似乎一直被某種看不見的夢魘這樣牽引著。

後來一想，還好他要出版傳記，名字的疑問也只有他能回答。畢竟在我的想法裡，他甚至連姓杜的資格都是不應該有的，他已經把我的杜思妥也夫斯基汙辱了。

然而他也沒有追問我的行蹤，只是對於出書的進度顯露著焦慮，他認為我還沒準備好，如果已經準備好了就不會是現在的樣子。什麼樣子呢？

「我看你的死魚眼就知道，你的熱情不見了。你剛剛不是問得很好嗎，我的名字怎麼來的？不要悶著臉，你應該很興奮才對，因為我的名字也就是這本書的核心。」

話題馬上跳進了他的一九七九年。

「十二月天，我剛好碰到了那個美麗島事件。」他說。

那天傍晚的人群中，他也舉著一支火把，跟著隊伍前進到圓環時就被團團圍住了，一邊是待命的消防車，一邊是全副武裝的鎮暴部隊。光說到他們是如何和那些武力對峙著，整整花了半小時還沒說完。

最後他在中正一路偷偷弄掉火把，跟一個警察說：「我只是來高雄找朋友。」

「反正我不是那種料，逃出來後只好跑到台中的夜市賣鱔魚麵，沒想到才兩個月就給我炒出口碑，那些潭子加工區的女生超愛一邊吃麵一邊看我表演。大火先爆香，鱔魚快炒二十六秒半，不是蓋的，火焰離開鍋面還在空中熱舞。接著油麵下去燜，然後溜醋，倒進醬油加糖，最後才下勾芡，這時候鱔魚麵該有的煙燻味就鎖住了。」

彷彿他剛吃完自己的料理，還在回味著那個空盤，眼睛直直看著前方，「你知道我最後一盤的鱔魚麵賣給誰嗎？」

我當然也不知道了。

「一個貴婦，開進口車來，說要外帶，站在麵攤前面等。那時我幾歲，三十多囉，還沒看過漂亮女人長得像她那樣的。好死不死那天晚上她大概忘了穿胸罩，好像也剛好忘了扣上他媽的那兩個奪命釦子。我就開始手癢了，看到火焰已經竄上去，乾脆再來一招絕活，頓了兩下腕力，鍋子裡的鱔魚果然飛上天，好像都還活跳跳的咧，大概也跟著我興奮起來，照理講應該掉在鍋子裡的……」

掉在哪裡呢？他作勢捧起胸部，聳著肩膀，「醫藥費八千我付得沒話講，沒想到她叫兩個兄弟來理論什麼心靈創傷。我不想惹事，乾脆就把攤子收掉了。」

趁著他上廁所，我在潦草的筆記上打上兩個星號。一個是他說的一九七九年，他到高雄訪友應該就是為了籌錢跑路，因為燒掉那間房子剛好也是那年夏天；另一件他說不想惹事所以收掉攤子，這也是實情，身在通緝中，該說的只是沒有說出來罷了。

他搓著手帕回來時，彷彿話題才要開始，「剛才講到收攤對不對？你說巧不巧，一個老芋仔顧了十多年的舊書攤說要頂讓給我，真是命中註定。我說老鄉啊，你嘛幫幫忙，我沒念什麼書也是因為環境所逼，您這樣不是在損我嗎？嘿，他說我偏偏就是有念書的命，他要去反攻大陸了，十幾大櫃的舊書看我愛怎樣就怎樣。後來我自己偷偷算了一下，他媽的比甘蔗還便宜。」

那個冬天他開始賣起了舊書。麵攤轉角的公園路，橫著水溝的靠牆通道全是他的，從鐵線垂下來的一盞盞燈泡隨風飄來晃去，連老芋仔留下的那張破藤椅也跟著搖搖擺擺，「我一坐到那張藤椅就睡著，只好在那些書架中間走來走去。便宜是便宜，書也是看人買，你看那些過路的，嘴裡塞滿雞屁股，油汁還滴到脖子上，但你要送他書還嫌髒咧，難怪老芋仔要去中國。我只好降價打三折再去尾數，反正我也不懂，再拖下去要賣一百年。就他媽的有個晚上，我走累了坐下來睡著了，一個中年的把我搖醒，拿著一本書堵到我鼻子上，他說這個封面已經破掉啦，就算一塊錢吧。」

頓了一下，繼續說：「一塊錢？真是幹他娘了。我那時真的是被他嚇到，不就是把我當乞丐嗎？我說你嘛卡拜託咧，這本內底是新的，封面破去哪也要緊。衛生紙的盒仔破去，難道內底就不是衛生紙嗎？說完我就把書抽回來，決定不賣他了，才要把書放回架子，隨手看了一下破掉的封面，天啊，才發現這本書好像就是在寫我。」

我也被他唬住了。他的咽喉突然一緊，好像急著傳達當時的錯愕，神情跟著凝住了幾秒鐘，接著他又問我，你知道那是什麼書嗎？

我當然很想知道。他說：「封面雖然破，上面人像倒是很清楚，穿著蘇俄大衣，留一把鬍子，五官有個性，眼神非常沉穩，看起來就是偉大的人，不就像我的雙胞胎兄弟嗎？而且奇不奇，莫斯科來的，竟然也姓杜，杜思妥也……，反正那混蛋說的破損也就在這個名字底下，但我覺得沒差呀，何況書名就叫賭徒，簡直衝著我說的。」

他很得意談到這一段，回味的腦海似乎還在盪漾著。這時他終於回到了主題，指著桌上的銅牌要我看，他自己也彷如觀畫般托著下巴賞析起來，「你看這名字多美啊，這世界的距離多近啊，原來我就是杜思妥。我到戶政那裡申請改名，那豬腦袋還問我想好了嗎，你真的真的想好了嗎？我說我當然想好了，否則我幹嘛來。後來才知道，原來對方真有意思，他說的就是我的名字咧，思妥，思妥不就是想好了的意思嗎？真沒想到他也懂。是啊，一切都想好了……。」

總算輪到我發問了，「那現在呢，你知道作者的全名叫什麼？」

「管那麼多，我看到的封面就是杜思妥也。但也不需要多一個字吧，我如果改名叫做杜思妥也，別人不說我神經病才怪。」

「你說一切都想好了，指的是什麼？」

「指的是什麼？小子，我像你這年紀，比你看得多了。我當然都想好了，何必怕人知道我愛賭，要改變命運就要賭一把，不然鄉下土包子憑什麼來混大城市。你知道我的意思嗎？這要寫下來，我的人生就是改了杜思妥才開始的……」

看來他一點都不累，外面已經慢慢黑了，他也不叫我開燈，灰濛濛的房間似乎憑他眼裡射出的光芒就夠了，充滿黑暗與希望的光。

4

所謂的傳記被迫停下來了，一個形象的包裝還沒成形，被謠言困擾的工地已經裸露著傷口，綁紮後的鋼筋成了一堆鏽鐵，一棟棟想像中的高樓還在地下室的土方裡掙扎著。已購客戶來了又走，投訴媒體還拒絕繳款，建築融資的撥款也被銀行扣住了。

緊急應變的會議開了又開，最近的一次總算露出曙光。

「杜董，如果照這個條件賣，他們就來簽約付款。」主管說。

「那就照這樣。」

「我仔細算過了，其實我們沒有賠。」另一個說。

「是沒有賠。」

他隨口漫應著；為了避免跳票，被迫停工的建案只好又一次賤價盤讓給同業。他的前額冒著汗光，眼睛瞇在香菸的煙霧裡。我在旁邊看著看著也慢慢懂了，他再怎麼瞇著眼睛等待奇蹟，也只能像當年的賭桌上那樣，一次次把籌碼丟出去就出局了。建築的專業他有嗎，嚴格來說他是不懂的，只能依賴外來雜牌軍組成的這個散漫團隊，靠景氣吃飯，靠炒高的地價發跡，然而出了狀況後每個看起來變成了局外人。

賤賣的決議通過後，他們開始讚揚起來，啊董事長，這種壯士斷腕的魄力只有你才有，歷史上真正的謀略家也都曾經這樣啊。

無緣無故還是找到了慶功的理由，他們說，一起到韓國散散心吧。

幾天後果然浩浩蕩蕩來到了華克山莊。所謂散心就是豪賭，一行人在賭場的外廳換足了籌碼，陸續來到一個圓柱下聚集整隊，他們讓已經發福的杜思妥站在前端，其後排成二三四的隊形。許多經過的觀光客不解地看著我們，站在後面的我同樣也是一頭霧水。集結完成，終於有人一聲令下，小隊形便突然一致踢出雄壯的步伐，個個齊整地低吼出喝喝喝的聲威，像一隊走路的雁群，大搖大擺地撞進賭場大廳。

一個沙場老將私下告訴我，以前景氣好的時候，聲勢大過現在五倍，賭場經理高興都來不及，華克山莊原本最講求賭場氣氛的靜謐，但為了這大筆生意就不看在眼裡了。

我們的牌桌和別人不同，旁邊圍著紅色絨繩，外人不得進出，押注從百萬韓幣起跳，桌上每個人都有紙杯，吐檳榔汁的動作匆忙而優雅，籌碼押出去後才慢慢安靜下來。

杜思妥每次來這裡只玩三把。百家樂的賭法，戰局分成莊家與閒家，兩邊都可以押注，誰家的兩張牌合計後的尾數最高，誰就贏。杜思妥前兩盤都贏，最後一注全押，所有的籌碼堆得山高，疊在頂上的還危危顫動著。等著發牌時，回頭跟我說：「我在趕時間。」

三分鐘後我跟著他從大門左側的小路走下斜坡，來到低地平台忽然陡高起來的一家餐館，四面迎窗，每張桌子中間藏著一爐炭火，滋滋作響的空氣中飄著牛肉的鮮香。他悶悶地望著窗外的漢江，我卻還是停留在剛剛那一注的驚險中，贏得回來多好，可惜他一直一直把他擁有的陸續輸掉了。

他灌下兩杯韓國的真露酒，眼裡爬出了血絲，「這些吃裡扒外的，還早咧。」

他突然要我回想一個人，蔡經理。

我的腦海很快浮現出那張小黑臉，那套嚴重縮水的藍西裝彷彿就在眼前。

「這種賭場打死他也不會來。以前他是種水果的，美麗島事件後我不是躲很久嗎，就是住在他家後面的小工寮。偏偏這種人我才信得過，我身邊就剩下他一個了，」他轉頭睜開茫茫的醉眼，「小子，你不會出賣我吧。像你這把年紀還沒碰過女人，我真懷疑你腦袋裡裝的是什麼鬼東西。」

•

從華克山莊回來後，他約見的一個老掮客已經在公司等候多時。我把人帶進房間，他神祕兮兮交代我別讓其他人知道，也要我把門關好。一個小時的密談結束，他再把我叫進去，他說他正在籌另外一筆錢，想到的辦法就是出掉幾十公頃的山坡地，不夠的話再想其他辦法。

既然是他的祕密，為什麼要告訴我。我說：「什麼是另外一筆錢？」

「小子，看著吧，過幾天我要讓你知道什麼叫做豪賭。」

我禁不住還是問起傳記的事情，因為中間缺了交代，他既然不是靠舊書攤發跡，錢從哪裡來？當絕大多數人都還做著苦力的時候，他憑什麼開了大公司，還有辦法跟那麼多的勢力高來高去。

「收掉書攤後，跑到桃園做板模工，剛開始，什麼釘板、鎖模，樣樣都不會。拚命學啊小子，每天吃便當，工資剩下來的就拿去跟會，還混出名堂咧，最風光的時候做到八個會頭，錢多出來就去丟幾塊小土地。酒也不喝了，發作時靠在牆壁上磕頭，不然就偷偷躺在房間裡滾來滾去。別再問了，書也暫停吧，等我把眼前的事情擺平。」

雖然這樣說著，他的眼尾還是溜著桌上的銅牌，那個名字又讓他想起了什麼，有一撮憂傷印在臉上，兩隻鬱鬱的小眼睛顯然已經累壞了。

只好聽我說了吧，我故意提起了杜思妥也夫斯基。

「你直接說姓杜的就好，我聽得懂。」

「杜氏的世界也是人道精神的世界，在他眼中只有社會最底層，被壓榨的、被命運捉弄的小人物，杜氏用文學拯救他們，讓他們在黑暗時刻還能看到生命的力量。所以你看，一百多年後，雖然杜氏不在了，那些小人物好像都還活著。」

他在聽。

「杜氏曾經追求社會改革而被判處死刑，槍決前突然接到特赦令，才改判流放到西伯利亞充軍。出獄後每天拚命讀書，以前受過的苦難反而變成文學創作的能量。他三十六歲才結婚，和一個寡婦，生活的壓力從此開始加重。經濟問題一直是杜氏的致命傷，越窮他越寫，但越寫也就越窮，就是這樣他才沉迷賭桌……」

我說得不夠好，但卻瞥見那小小轉動著的眼睛，竟然悄悄地濕濡起來。

「他身上的壓力，有債主的、有他哥哥的未亡人和孤兒所帶來的，他上賭桌不是為自己，大部分都是為了別人的命運。可是他逢賭必輸，雖然自認為贏錢非常簡單，只要隨時保持冷靜就能贏，可惜最後還是連手錶都當掉了。」

「他賭什麼？」那眼睛眨亮了。

「應該是輪盤，書上寫的只有輪盤。」

「我就知道他會輸，」他換了坐姿抱住了胸口，「一般都押大小，不然就押單雙，這樣怎麼贏，賠率只有一倍，玩久了不就輸在莊家每次的抽頭嗎？冷靜有屁用啊，真正的冷靜是等待，等待機會久久來一次，集中單押一個數字，否則憑什麼翻身。」

為了強化自己的論斷，他慢慢握住了拳頭，臉上流露著惋惜的神情，還特別朝桌上的銅牌看去，彷彿杜氏正在那裡聆聽。

「真可惜啊。我看他是像普通觀光客在那裡浪費時間吧，要賭就賭大的，扭扭捏捏在牌桌上要賭不賭的，賭場最喜歡這種人，帶的錢不多，機會來的時候已經沒本了，怎麼贏？要說行家那就是我，那天我不是只玩三注嗎，你以為我輸了嗎，我只是沒心情坐在那裡，想出去透透氣，要不然……」

那原來的鬱悶總算消失了，後來還陷入了喃喃自語：姓杜的還在就好了。

公司陸續有人來退屋，日常的營運彷彿進入了尾聲。我突然發覺無事可做，只好把所有的買賣契約拿出來逐條看著，雖然不具備挑出弊端的要領，倒是發現有些契約都是任由其他主管自己訂定的，土地所有人是如此，銀行的一些借貸關係也用了很多不同的人頭地主。

也就是說，為了節稅或貸款的因素，在錯綜複雜的權利義務之間，老闆和屬下全都綁在一起，難怪他對他們有所忌憚，平常表面像兄弟，隨時都有可能成為他的叛軍。

那塊山坡地悄悄脫手了。所有權在他名下，簽約卻在外面偷偷進行，款項也沒有入帳到公司，財務室每天依然哇哇叫窮。

這天的下午又有個緊急會議召開，會議中依然出現了可怕的曙光。

「就讓別家來接手後續的工程也好，以後蓋好了我們還能分到錢。」

「他們來接手還有個好處，銀行不會窮緊張，謠言也會平息下來。」

「董事長有沒有想過，這一關過了，應該以後都沒事了。」

蔡經理從椅子上跳起來，「這樣下去，我們叫做掃地出門。」

他把蔡經理的肩膀按下，自己把頭埋在兩隻大手中。決議還沒出來，主管們卻已紛紛談起後續工程的交接要如何進行，緊張氣氛似乎進入圓滿尾聲，彷彿他最後終於點頭答應也是理所當然。

沒想到他突然往後鎮住了上身，「不行，這條件我不能接受。」

現場頓時冷噤下來，一個個豎起坐姿，手上的表件資料緩緩擱回桌面上。

然而我總算見識到他的另一面：他的語氣雖然嚴峻了些，卻也在轉眼間擺出了輕鬆的笑臉，而他擱在桌上的手指頭開始輕輕地敲了起來，不規則但似乎混合著內心的焦慮，好像在摸索著一首可以安撫人心的樂章，以便平息在他生命中這些前仆後繼而來的背叛。

終於提出了一個殘缺的結局，「我們要撐下去，今晚先去喝個痛快吧。」

寥落的回應中，我接在他後面大聲喊著：我也去。

他們轉過頭來，看著我這沉默的稀客，以為自己聽錯了，紛紛誇張地晃晃腦袋，總算在這突然尷尬起來的場境中自然脫身了。我相信在這瞬間我的父親應該也是錯愕的吧，他的香菸濾嘴掉了，他目瞪口呆地看著我，看似還想說些話但其實已經多餘，因為這個會議已經如此這般輕鬆地結束了。

我們坐進了酒店裡面聽說最寬敞的龍宴廳。我也終於喝了不少酒，一種極為軟弱的勇氣似乎悄悄地萌著芽，雨中的蕈菇那般頂著小帽子從斑駁的樹皮露出臉來。我也初次對著螢幕大聲唱著了，雖然陌生歌詞一直趕不上傾訴的節拍，但我確實聽見了自己的聲音正在包廂內迴響起來：

好像初次的舞台　聽到第一次喝采　我的眼淚忍不住掉下來
經過多少失敗　經過多少等待　告訴自己要忍耐

我似乎不再害怕卑微的生命是否荒腔走板，旋律來到尾聲的時候，我甚且獨自飆起了苦澀的高音，彷彿為了證明我也有著解不開的滄桑啊，掌聲響起來我心更明白，歌聲交會你我的愛……。

我相信世上每個人都有一個傷心的所在，不論在心裡或在遠方。不幸兩者我都有。我心裡的靜子一直沒有離開，而絕塵而去的那個靜子是不是還在遠方看著我啊，她若看見我緊抱著麥克風的放蕩模樣，應該也會相當欣慰的吧。

然而當我從醺睡中睜開眼睛，才知道自己側躺在房間裡被一種怪聲音驚醒過來。聽得出門外是一條走道，而那吱吱叫的聲音緊貼著牆，似乎想要離開卻無處可逃。我把門打開後，果然那串叫聲立即迎向我，是一個女孩，但她全身脫得精光，單手橫在胸口上，另一隻手貼著下體，就這樣扭捏著身軀碎步朝我跑了過來。

「先讓我進來好嗎，我要找533的房間，你這裡就是533嗎？」

第一次看見的女性裸體，彷如淨身後的脂玉，生硬又柔軟，惶恐中彷彿帶著歡愉，全都混雜在裸露光溜的體態裡。她跑去披了浴袍出來，開始熟練地敞開白色的前襟，忙著往頭上兩邊撥開長髮，然後緩拍自己的胸口，「都是那個老董的主意啦，衣服都不給我穿，叫我一定要來你這裡報到。」

「你喝酒了喔，臉好紅。」她把我的大腿趕走，小屁股擠進沙發椅，兩腳的指頭陷在長毛地毯裡，「我們先洗澡好不好，等一下還要去領回我的衣服呢。」

我說了一萬次的不可能。搖著頭，蜷縮著被她撫摸的肢體，我說我沒有準備，我是來唱歌的。她說你要準備什麼呀，你們男人不是分分秒秒都準備好的嘛。我說妳不知道嗎，妳可能誤會了，我真的是來唱歌的，我剛剛還唱了一首〈掌聲響起〉。

女孩披著那件浴袍摔門出去後，引來了一個樓層服務生的好奇，她望望走道，倚來門邊探著臉，最後才笑著欠身離去。我洗了一把臉，想著去哪裡，他們人呢，我怎麼會在這裡，我不是還在唱歌嗎？

我還在回想著究竟的時候，門鈴突然又響了，還是那個服務生，只是已經換上俐落的便服，她帶來了一壺茶，逕自在玻璃桌上倒了兩杯。她說她剛鋪好兩床被單，剛好也輪到下班，整晚上差不多也就沒事了。那個女生很漂亮，你為什麼不喜歡，她說。我說我是來唱歌的，而且是第一次用麥克風唱歌。她很驚訝，酒渦旁邊揪起了兩條細紋。她說那你平常很少出門囉，難怪你看起來很憂鬱，不過也很斯文耶。她把我的手拉到她的膝蓋上，輕拍了兩下，安撫著它的顫抖似地。她很像誰，我想不起來，我只知道她不像媽媽桑，不至於大我幾歲，但她的聲音好聽，很輕，很像睡前的叮嚀，慢慢說著然後慢慢地柔和下來，本來無聲的空氣融化得更加輕盈了。

然後她說她也可以做。她為了說這句話，似乎猶豫了很久，眼膜終於悄悄滑過一層水霧，閉上眼睛後便不再張開。只是她雖然蒙著眼，卻摸索著把灰色外套脫掉了，裡面只剩一層薄細的純白絲衫，隨著她的羞慚，開始起伏著高低有致的節奏。

她說她沒有錢，女兒還在發燒，這輩子只做這一次也是應該的。

這時我終於不再強調我只是來唱歌了，我任著她拿起我的手放進她那一顆顆捻開的釦子裡，那裡面柔軟又溫暖，讓我感覺彷彿進入哭與笑的邊界，而我的手掌竟也不再縮放顫抖了，我還看見她的乳房因為害怕而忽然晃蕩了兩下，然後好像為了接住我的手掌而惶恐地慢慢依偎過來。

後來當她只剩一條內褲時，終於低下臉來，她說她很不應該。

我說不應該的是我啊，因為我也忘了自己是來唱歌的。最後我甚至貼著她的乳房開始哼唱，哼唱著那句我的眼淚忍不住掉下來……。

5

山寺裡的母親依然還是老樣子，她等我結婚才要剃度的承諾，讓她還擁有著一頭斑灰的頭髮。她很高興我來找她，站在簷外的石階上無聲地笑著，然後伸出手勾住我的指頭，藏在她的衣服下襬慢慢搖晃著。

搬回鄉下後我就沒有來過這裡，上來的坡道已有新栽的梅花林，葉子掉光後結滿青蕾的枝梢飄來了淡香，混合著她的髮間苦茶油的氣味。她挽著我進入禪房，榻榻米上放著她的佛經，難得也有一把梳子和她使用多年的手鏡，一起擱在紋花的漆器上，看著不禁讓我覺得安心，很欣慰她有這樣的日子，這樣的日子我實在不該來。

我想來透露些家裡的事，卻又覺得非常愚蠢，因為我們早已沒有家。我也很想提起她聽了會很不安的一個人，本來我是絕口不說的，否則不會拖到現在才來見她。如果他還是原來那個人也就算了，我甚至詛咒過他趕快去死。然而現在不太一樣，他已經變成一個充滿更多悲劇性的杜思妥，倘若這次他真的被那些人摺倒下去，所有員工、預購屋的客戶恐怕都要跟著他陪葬了。

然而我終究沒有說出來。母親和我現在都好好的，我們很少有這樣的平靜，這在過去的生命中真的非常難得。多年以前我們在這裡分開，那時就是我一路陪她走上來，坡道上到處還是黃土，雨在清明節的翌日漫天飛灑，從山寺奔流直下的泥漿在樹林下淹成一片黃濁的沙河，我抱著那時毫無表情的母親嚎啕大哭。

此刻的天際慢慢飄來了烏雲，她說快下雨了，忙著跑到屋後收衣服，順便取來兩把雨傘，準備陪著我下山。山腳下有個攤子賣米苔目，你要吃兩碗，她說。

雨一直沒下，但遠方有響雷，她用傘尖扣著碎石的滑坡，聽來很像一隻母雞啄著泥地的穀粒，很久沒有聽過這樣的聲音了，我不禁也扣扣扣地學著她走了下去。

我們一路沒有特別交談，大致都是說著她看到的植栽，這是山茶，那是比較少見的冬青樹……。好像有什麼心事正在醞釀著，她的語調有點遲緩。

一直到我們開始吃著米苔目，她終於忍不住把話說了出來。

最近他突然打電話來，問我好不好？

很早他就知道你躲回到鄉下了，村長告訴他的。

剛剛看到你爬著小路上來的樣子，我就知道你有心事。

他真的會很慘嗎，除了食道瘤……。

多麼安靜的表達，像攤子旁邊樹上的松鼠跳上跳下，沒有任何嘈雜。

從山寺回來，滿腦子裡想的是，原來我活在敵暗我明的處境裡。

我想起當初躺在長椅上聽見他叫我去死的那句話，也想起了跟前跟後的小臉村長，由於這些畫面一連數日不斷重現，終於逐漸讓我羞惱起來。

我走進他不在的房間，默默想起這段日子發生過的事情，內心終於湧起一股滑稽的笑意，原來他也在和我賭，賭我認不出他是誰，多麼荒謬的內心戲。

三十年前那副牌其實我還記得。一發牌就來兩張老K，他卻以為那是瞇出來的成果，好像唯有那樣緩慢地推搓，那個雄壯的K才會溫柔浮現，否則就會變成小2似地。最要命的是那時他忽然轉過頭來，除了問我有沒有發燒，他的嘴角洩漏著驕恣的笑紋，怕我不懂，還把牌拿近，擠著他那蝌蚪般的眼睛朝我示意著。多年以後我才聽說那叫梭哈，賭的是演技，耍的是鬥智的心機，要贏就得裝出一臉的愁眉怒目，好把對方推入陷阱。不幸他天真無邪，每張牌都寫在臉上，被他們看穿了玄機，難怪他那狼狽的腳踏車永遠只能衝刺在風雨中，難怪後來只好把那間房子燒掉了。

憑他那樣簡單空洞愚蠢無知的腦袋，接下來他所說的豪賭到底憑什麼贏？

由於我的情緒靜不下來，見他的次數變少了，偶爾瞧他一眼也是盯在他的脖子上，所謂食道瘤應該從他喉嚨下到賁門罷了，表面看來還是完好如初，否則就是從天堂下到地獄那般殘酷了。

由於否決掉了那天的讓渡案，主管會議已經多日未開，工地也沒有佳音傳來，催繳利息的電話天天響不停，接到手軟的人索性讓它空鳴，整個大廳迴盪著煩躁的魔音。

這天終於叫我進去，給我三個地址，「明天你代替老黃開車，陪我跑一趟。」

我不想多問，只想再跟他談談杜氏。杜氏的第二任妻子安娜，在他輸光一切之後依然沒有怨言，這和當時我的母親是多麼神似呢。在安娜的回憶裡，她認為丈夫發狂似的賭癮是必須而且有益的，因為他被貧窮所壓迫，被親人的生活重擔所牽累。

我想說的是，杜氏有他高貴的靈魂，他不為自己賭，他的心裡永遠帶著家人。何況他更不是鄉間小混混，他白天寫作晚上賭，倒過來也是白天賭博晚上寫作，沒有人像他那樣同時活在天堂和地獄裡，但也因為他一直背負著無可救藥的深愛，才使他成為永遠不死的杜思妥也夫斯基。

當然我還要說的是，杜氏有他天真的一面，否則不致認為賭場裡只要冷靜就會贏。這份天真多像現在的杜思妥。但一個人即便天真到底，也不見得每回都輸吧，只要在不該錯的地方做對一次就夠了。

我不知道我想說的應該怎麼表達，他剛從廁所出來也是一副張惶不安的樣子，急匆匆地嗯著聲，「喂，你要說什麼，要記得喔，不要把地址搞丟了。」

然後癱上了沙發，「你剛才不是提到姓杜的嗎，他現在怎麼了？」

姓杜的剛剛去買水煎包了，我心裡說。

•

要去的縣市並不遠，循著高球場的指標很快就看到了綠色田疇，歲末的風吹著一條下游的河面，水聲聚集在一處豪宅度假村的彎道上飄盪著。

他備好的一盒雪茄讓我拿著，自己按門鈴。等待的空檔他叫我看花園裡的一棵五葉松，他說再過兩年他要在西門町種他媽的一萬棵。他說著話的時候畢竟是稍稍有點憤怒的，門鈴確實響了很久。後來他叫我到別墅後面看看，說不定這一家人躲在祕密草地上曬著他們家才有的太陽。

我繞完回來時他已經在裡面了，我只好再按一次門鈴，因為禮物還在我手裡。來開門的婦人並沒有讓我進去，她為維護有錢人家的威勢而堵在門口微笑是相當得體的，尤其在她接過了雪茄便不再看我的那一瞬間。

於是我只好回到五葉松那裡等著，掏出我剛買不久的第一包菸抽了起來。我仔細查究著五葉松，果然發現它有五葉，就像八爪魚果然也有八個爪那樣。然後，我的那個竟又開始了，我的手掌乃至我的手肘不僅張開闔起而且隱隱地顫抖起來，不幸我的對象竟然只是一棵樹而已。我恨透了這棵五葉松為什麼長在這戶人家的園子裡，我也恨透了剛剛我們在門鈴旁邊漫長等待的那副蕭索樣，水邊吹來的風是多麼冷冽，我們經過那麼多的貧窮難道還要再經過很多屈辱嗎？

那扇豪門總算打開的時候，那對夫婦跟在他後面走了出來，男的刻意揚起寒暄的聲音道別，女的則十分優雅地站在旁邊怒視著。我載來的杜思妥走得很快，對方只好碎步跟上來，張開雙手準備抱住他身後鼓起的風衣，卻被他疾行的背影拉開了。

車子開過那條河道後，他才掏出支票再看一眼。他說剛剛這個人以前是批發南北貨突然垮掉的，要不是他提供大筆的資助，不可能短短幾年靠著地價狂飆而暴富起來。

「我只是來拜託他周轉一下，沒想到這張支票只開了一個尾數。」

「不過，他好像對你很尊敬，一直跟在後面。」

「小子，一個人不想看到你，都會表現得很謙卑。」

「是這樣嗎，我看他差一點把你抱住了。」

他望著擋風玻璃外的天空說：「我一生中很少和人擁抱。」

下一站往南偏東，竹縣交流道下去後，衛星導航鎖定的山路籠罩在霧中。會是什麼樣的人家，不會也有五葉松吧，我暗自想著，他卻睡著了，還發出沉重的鼾聲。索性關掉導航器後，反而在橋邊木材場的後方找到一條新路，也才知道那盤踞在山頭環視著我們的，原來是一座比大廟還雄偉的歐風建築。

兩隻黑狗嘷嘷地叫著，一株山欖從高梢處落下了斑紅的闊葉。我手上拿著最新款的約翰走路，而他繼續按門鈴。他說，昨天的電話中已經約好，對方願意在此等待。叮咚。他突然愛上了門鈴似地，不時壓著它或者按按停停把那聲音搞岔了，甚至後來當他踹著門鈴下方的柵欄時，那個鈴聲也拉長了尾音和他戲耍著。一個老婦從邊側的農路鑽出來時，才說出了他們一家人的行蹤，昨晚烤完肉就匆匆下山了。

沿著鄉道返北的路上，我們在車內沒有交談，只有桃園縣境的天空依然繁忙，巨大的機翼不時騰空而起，一再飛進茫茫雨霧中。

「我需要這筆錢。」他說。

他打開了摺放在大衣裡的一疊土地資料，指著街廓圖中一條狹長舊道，然後瞇起神祕的眼色瞅著我。他說整個方圓地塊就是被這條畸零地切開才被閒置著，所以長久以來一直被左右兩邊的地主垂涎不已，誰要是搶到這塊畸零地，誰就是贏家。而這條畸零的舊道經過雙方地主長期奔走，最近總算獲准廢除，即將由國有財產局公開標售。

「想不想知道旁邊這兩家準備搶標的地主是誰？」

他說出了名字，也就是一次次緊急會議中被主管們護航讓渡的那些公司。

「他們作夢也想不到，後面還有我咧。」

也就是說，他是為了復仇。他不計代價，每天東奔西跑，為的就是要寫出一個讓對方意想不到的天價。我不知道那個數字大到哪裡，但肯定是個要命的數字吧。

沒有路可以讓他回頭了，我想。我很想再唸一封信給他聽，也是關於杜氏的，杜氏為了解釋為什麼一直流連賭桌，在寫給他哥哥的信裡是這麼說的：真的，我是抱著幫助你們每個人並且把自己從災難中救出來的想法而去的……。

我終究放棄了。眼前的板橋已經進入了喧雜市街，我拿出地址仔細對照著，沒想到他突然猶豫起來，「坦白說，我的心很痛。你開慢一點，讓我想想。」

想了很久，「我今天大概是被那兩隻黑狗嚇到了。」

6

決標時程逼近到只剩兩天，他悄悄進行著投遞的準備，籌湊來的錢陸續存進了同一家銀行，再由銀行開出一張本票來充當押標金。這些手續完全跳過了財務室，沒有人知道一項祕密武器已經藏在他身上。

接下來就是正式填寫投標單。他關進房間，不接電話，禁止任何人私闖，獨自趴在桌上寫得滿頭大汗。寫完後他才叫我進去核對信封和表格，大部分都已填好，只剩出價金額還空著。他的字體極醜，雖然筆劃清晰，卻不像生死攸關的決戰文書，曾經他是如何叱吒風雲，如今寫著不倫情書一樣地惶惑難安，真不知道他自己會不會感到黯然神傷。

雖然知道他想守住祕密，我還是提醒他，有一個空白欄還沒寫。

當然知道，他說。安全起見，下午四點我會到郵局，三點五十九分才寫上去。

錢不是不夠嗎？他回答說，押標保證金只要固定的一成金額，得標後三十天繳清尾款就行了。

「那就是說，如果你得標，一個月內還要繼續去找錢。」

「所以我在傷腦筋啊，金額寫太高，到時候可能要跑斷腿……。」

「那你為什麼還要玩下去。」我大聲說。

「你以為我在扮家家酒嗎？」

我悻悻然走出他的房間後，腦海只剩一個念頭，不如回鄉下去吧，何必把他最後的一步險棋看完，何況當初只想知道他為什麼還能活著罷了。

幾天前的影像還歷歷在目啊。那時我們在第三站的板橋茫然繞轉，直到那棟二十五層大樓高高在望時，他卻又突然洩氣地喊停：我們走吧。

那時還不到黃昏，他要我把車開往華江橋，因為突然想到的一個女人燃起了他的希望。他約略說著她的形貌，一段萍水相逢的老戀情，最重要的是她還有一筆兩千萬定存的壓箱寶。

然而他竟然要我單獨進去找她。他應該真的是被那些狗輩們嚇壞了。

「這種事我怎麼開口，沒有那麼簡單。」

「就是叫她把定存解約而已嘛，你說我會加倍還。」

我上去的時候大門開著，一個工人爬在梯上換燈管。我怕外人聽到那筆鉅額定存的祕密，很謹慎地貼近她耳朵才說出來。沒想到這個女的聽完爆笑起來，笑得似乎爽過頭了，竟然仰著臉對梯子上的男人說：「阿彰呀，有人要來搶劫了。」

回到車上我只好稍稍作了一番憂愁的潤飾，我說那個女人躺在床上，臉上看起來起碼三天沒有化妝，嘴巴像沙漠那樣乾，我還為她煮一壺開水呢，還泡了一杯牛奶給她喝。她想坐起來說話，我說不用了，妳直說好了，但我聽不見她微弱的聲音，只知道她病得很厲害，害我差點流下淚來。

「像你這樣貼心的人不多了，不過你也可能是在胡扯吧。」

沒錯，我的語氣充滿戲謔的成分也罷，只因為心裡充滿著悲傷。我又想起靜子了，也想起最後一次在她家客廳的情景，她父母非常善良，聽完我的求婚並沒有動怒，他們笑了一下，回到樓上就沒有下來；但也沒有把我驅趕，容許我單獨一個人坐在那裡空空等待，直到菲傭的吸塵器突然暴躁地響遍整個大廳。

我真想說，杜思妥，我對人失望透了，我們不如回去吧。

「你難道沒有提起那筆定存嗎？」

「她連說話都那麼困難，我真的沒有勇氣說出來。」

「她不是有跟你咬耳朵，她到底說了什麼？」

「她說，麻煩你告訴他，一切都過去了。」

那天下午的行程並沒有馬上結束。車子開到他指定的公園時，他在小路旁的公寓門口下車，要我乾脆自己回台北。他說幸虧自己的晚年還有人願意陪伴，雖然這間公寓裡的女人沒什麼錢，然而某些時候他也不是非錢不可。我說，那這樣好了，我在這棵樹下等你半小時，你沒有出來我才把車開走。

小子，你真不上道咧。他說。

後來我想了一下，半個小時是最難拿捏的吧，五樓公寓都用爬的，按門鈴也要等開門，見了面就算他不習慣和人擁抱，直接脫褲子也要時間，而且不洗澡嗎，不用說幾句寂寞的相思嗎，那就上床好了，短暫的交合難道幾秒鐘。然後結束，把前面所有的枝節重做回去。這樣，半個小時，殘酷極了。

沒想到二十分鐘後，他已經偏著頭敲響我的車窗，手上捏著一個橘子，坐了進來，握在掌心裡翻轉，然後慢慢剝開。

橘肉塞了滿嘴，太陽穴鼓起來，纖維榨出來的聲音帶著湯汁流到下巴。

「不是已經很久沒有跟她見面了嗎？」

「那又怎樣。我跟你說，待不久的客人，永遠受歡迎。」

那橘子吃了半顆，擱在擋風玻璃上，一個彎路後掉了下來。

那可怕的三點五十九分，我還躲在一家電影院裡，藉著散場燈的幽光盯著手錶進入讀秒。如他所言的這個時間，他握著大筆正在刻字，一筆一畫如臨深淵，為多寫一個數字陷入苦惱，或者也在害怕因為少寫一個數字而更加惆悵。四點整他往郵局出發，途中倘若沒有暴雨狂風，那麼，四點十分他將準確無誤地投下他生命中的最後一票。

四點三十分我晃進百貨商場，在一條狼吞虎嚥的美食街徘徊良久，腦海中毫無飢餓訊號。當我再回到外面大街時，沿街的霓虹燈已經亮遍了四周的樓牆，這時我終於想起了一個人，而且是那麼突然想要見到她。我加快腳步，開始搜尋滿街的陌生招牌。然而我已經想不起來了，究竟那個晚上我被帶去哪裡，那個唱歌的地方，那個酒店的名字，還有那個寫著533的房間……。

我真的想要見她，讓她拿起我的手放在膝蓋上。是的，我終於想起來了，她不就是靜子那樣的女人嗎，她的手疊在我上面，如同那個甜蜜夜晚，她照例拍它幾下，終於撫平了我的顫抖，然後像是訴說著過去似地：沒事了，我們都在這裡了呢。

後來的這天，陰雨的午後，我把手機打開，蔡經理馬上闖進來，他要我回去，他說就算不告而別，也該把自己的東西收拾乾淨才走吧。我含糊應答，他卻不願掛斷，問我明明知道土地標售的事情，為什麼關掉手機躲起來。

蔡經理說：「早上他要我載他去開標會場，我才知道這件事。」

「得標了嗎？」

「那天連標單都沒有寄出去，得什麼標。」

街上的車聲忽然全都灌進了腦海，我想我聽錯了。

「你開玩笑吧，他沒有寄標單，那今天為什麼還到開標會場？」

「問你自己啦。你到底要不要回來？」

那是什麼樣的心情，我揣摩不出來。我只能想像他單獨坐在那裡的畫面，除了面對著律師、會計師，還有那些監標唱票的，在他四周一定滿布著那些可怕的對手吧。蔡經理後來說：真的想不透，他既然沒有投標，為什麼要坐在那裡讓人看他丟臉。

原來杜思妥也有不賭的時候。

然而三點五十九分的那個瞬間，他究竟想著什麼？
他一直坐到決標散場，從頭到尾不發一語。聽說後來老淚縱橫。

那麼熱，那麼冷

蔡莫沒有開門。

他隔著玻璃看她走來，看她穿著很小的紅鞋子，鞋面紮著羽飾，走起來微微地飄晃，像一隻剛剛飛來採蜜的粉蝶。

紅鞋子踢著門，白色粉蝶飛起來。

1

七戶人家圍繞的巷弄，對講機忽然咬住了午後的蟬鳴，這時候的蔡歐陽晴美正在餵貓，渾身戒備得不動絲毫。幾秒後再度響起，機器彷彿掐住了線路的脖子，雖然她知道大約又是昨夜雷電造成的短路，卻也不得不相信這是惡兆的降臨。她拍走了貓，猶豫起來，明知這是離家二十年的死老猴回來了，到底還是抵制著，只能期待他摸摸鼻子離開，繼續去走他自己的老天涯。

但蔡恭晚沒有死心，死心就不會硬著頭皮來到這裡。麥芽色的帽舌壓著眉心，斜揹的布包掛胸前，手底幾乎就是當年漏夜潛逃的簡便家當。他按了三次鈴，對講系統終於惱火了，每家每戶開始交叉齊鳴，有的對他哼著悶聲，有的問他到底找誰。找誰？不就是蔡歐陽晴美嗎？他不叫她的名字，篤定知道她在聽，只好清著喉嚨說，是──我──啦，沒想到經由一陣聽音辨位，該掛的都掛了，不該掛的也掛了。

蔡歐陽晴美憋了半小時才按下了開門鍵。幾個月後她還納悶著，那等待的空檔他若不是找電線桿撒尿去了，難道一直賴在門外賭她一定會放手投降？這個新家要不是還有一道門禁替她擋路，恐怕那天早就穿門踏戶闖進來。

整棟樓房是兒子蔡紫式發跡後的大手筆，不只前後有院，連側牆都站了一排櫻花梅花，死老猴是連作夢也沒看過這等景致的，果然一進門就傻眼。多年之後的照面便就如此輕飄飄地晃眼而過，她不願直視，他也只好暫且低著臉。空氣中兩股空氣。她瞅著那只老皮箱擱到了桌底，眼看另一手的背包也要落在茶几時，立即撥出手勢，朝走道那邊的地板發落著。多年來難得防禦起來的領域感是該讓他見識的，何況不知道他來是來多久，住要住到何月何年。

蔡恭晚自認也不是省油的燈，為了驅走寄人籬下的鄉愁，他從前庭看到後院，刻意走得輕快，營造著遲來晚到總歸一家人的熟稔。那後面的石榴花噴得紅吱吱，好像呼應前院的白玫瑰一起對開著，打死也不相信這是她蔡歐陽晴美憑空得來的修行。他看完了外圍，交著手開始緩行，望望櫃頭上的相框，看看邊几上的小檯燈，品賞之餘不忘兼顧自己的謙卑背影，走到後來發現老妻根本不在視線裡，這才對著一些陌生飾物毫不客氣地摸弄起來。

五點過後總算熱炒起來的鍋鏟聲，終於稍稍讓他暖和了半刻；卻沒想到後來看到的餐桌只剩幾許夾剩的冷盤，原來她已帶著自己的飯菜回到樓上，撇落他一個人默默吞下那天黃昏的晚餐。

客廳終於暗下來的時候，蔡恭晚提著行李往上走，一時找不到梯間照明，只好藉著不知何處的餘光慢慢爬，樓上房門口擺著一雙拖鞋，他不清楚這是她光著腳在裡面，還是暗示他直接換上拖鞋走進房。對方既然還在氣頭上，他不敢多加臆測，只能再往三樓走，行李不落地，腳尖踮在石階上。不幸得很，來到樓梯轉角時，他仰著臉正好對上了吸頂燈下忽然推開的浴室門，她正捏著腰間的褲頭走出來，上身來不及遮掩，一副光溜溜的落葉殘枝忽然就晃盪在他眼前了。

回想當時的情景，蔡恭晚仍然不寒而慄，她咧著大嘴尖叫，偏偏嗓子好像啞掉了，聽起來很像從空中墜落的回音。後來爬上頂樓的蔡恭晚只好就著一張舊沙發躺下，兩手枕起後頸對著天花板，想著自己挨罵也是理所當然，只是那場面也不至於讓她那般震怒吧，那一對老奶早就掛了，不就是兩朵向日葵的末日嗎？

倒有個揮不走的陰影一直跳動在他眼底，他想起了客廳櫃上的那些大小相片，除了幾張個人照，全家合影最多也就四個人：蔡歐陽晴美，蔡紫式，蔡莫，還有就是媳婦蔡瑟芬。連嫁過來的外人也姓蔡，也在他們三代單傳的蔡家占著一席，獨獨漏掉他這如假包換的一家之主。相片裡的每張臉冷冷地對他笑著，沒有人招手，容他借位的空隙也都塞滿了，一切都來不及了，難怪一回來就是這般冷清的對待。半夜三點還是難以入眠，早知道要在這個屋簷下安插今後的餘生，他根本不會來按這個鬼電鈴。

·

他發覺自己被耍了。迎接他回來的禮數原本是這樣安排的：蔡紫式到火車站接他，媳婦負責張羅團圓的晚餐，連阿孫蔡莫也要找人代班趕過來。協商過程充滿令人起疑的孝心，電話邀了一通又一通，聽到最後反讓他擔憂這份誠意別又縮了回去。那麼，既要答應下來，那就要把事況弄清楚。

啊你老母肯否？

哪有問題，講實在啦，伊聽到你欲返來，歡喜到嘴笑目笑哩。

多年不見的兒子變得如此奸巧，只好認了。當然，回來住了半年，老夫老妻總算磨出了相應之道，不再是剛開始的怒目仇眉。他睡二樓，也就是門口原來擺著拖鞋的那間房。她住三樓，旁邊另一間則是她的阿彌陀佛，整層都是她的世界，大清早就開始誦經，激切的魔音穿過陽台落在前院花叢裡，連花瓣露珠都一起晃顫著。八點早餐，現榨蔬果全由蔡恭晚調理，一人一杯量，全麥土司自取，兩張嘴各嚼各的寂寞，節奏或有快慢，唯一整齊是同樣無聲無息。

一天的開始，也像一天的結束。蔡恭晚曾經試著一樣早起，貼著她跪到拜墊上，雖然聽不懂聲聲入耳的佛經，卻也知道懺悔有多重要，沒想到兩個膝頭剛落，她已提早拜了三拜，強撐著也要逃命似地爬離開。那天清晨便他獨自一個面對著菩薩，原本是來旁聽的，突然變成了主訴者，兩手合在空中頓了又頓，不知該說什麼，一個字也說不出來。

想起離家那晚雖然走得倉促，兩夫妻還是緊挨著身影的，她幫他提包，另一隻手扣在他袖口，拉不緊，放不開，就像一幕離散的悲劇映在不敢開燈的小客廳。哪裡知道多年以後全都變了樣，回來是回來了，每天活在默劇裡。

風聲若過去，你就愛趕緊轉來，我會驚⋯⋯。

驚啥啦，不過是去外口走走而已，妳當作我欲去環遊世界麼？

聽說隔天一早幾個黑索索的大漢已經堵在店門口，丟雞蛋又潑尿汁，從磚牆流下來的紅漆注滿一灘又一灘，要不是半夜逃得快，不在醫院也在牢房裡。

光從這件事，總算悟到人生果然無常，黃昏前他還到處閒晃著，一頓飯後忽然就是匆忙打包的下場。一切都因為錢。文具店的生意連年慘淡，賣起六合彩的明牌後才開始有點現金周轉，嘗到了甜頭再加上眾人慫恿，終於自然而然當起了組頭。

這天恰是颱風離境的下午，風還吹著，大街小巷卻靜得出奇，原來聽說一道天機突然在這小鎮降臨了，手腳快的男女老幼早就聚集到西郊一條泥流沖刷的河床。晚到的蔡恭晚，腳踏車爬上橋頭時，河岸兩邊已經無路可行，他姑且看著別人笑話般趴在護欄上，嘴裡叼著菸，聽著簇擁在石灘上搜尋浮字的人陣中不時爆來的驚呼聲。

然而就在這一瞬間，在這居高臨下的視野裡，蔡恭晚猝然看見了神的筆跡。

從他所在的高處俯瞰，他看見的是一片無人聞問的平灘正在發光，而那是個非常清晰的密碼，由一堆大小石頭疊繞成形。也就是說，神剛剛來過了，祂在原本空無一人的河邊等了很久，後來人越來越多，祂只好來到灘尾留下了最後的暗示，等著從小鬱鬱寡歡的五十歲蔡恭晚此刻緩緩到來。他擠不進通往橋下的小徑，乾脆縱身竄進右邊的芒草浪裡，手忙腳亂地劈出曲折的路縫，一直到踏上了無人的石灘，已經是另一處完全逆向的河床。

河床上，一台挖土機正在轟隆轟隆進行著清汙工程。沒有更好的主意了，他當下是靈機應變地勇猛，馬上把那戴帽子的駕駛叫下來商量，掏出了身上所有的餘錢，沒幾下便攀上了那隻怪手，一待引擎發動，彷如搭著一部孤單的摩天輪緩緩升空。

於是他終於又看見那個神奇密碼了，在與橋頭不同角度的幽微之處，神的心意還是那麼堅持，不管河灘上那些蠢蛋有多赤誠，祂彷佛只為他一人顯靈，那個數字不容懷疑，是那般諄諄教誨的開示，再不領悟那就永遠別想翻身了。

那時的天空還忽然飄起了感人的細雨。蔡恭晚回到店裡，搖醒了瞌睡中的蔡歐陽晴美，除了把看到的數字全部封牌以防外人下單，覺得不夠，開始打電話找同業調牌加碼；覺得還可以賺得更多，乾脆吃下了賭客們的一堆冷門簽注，在上游大組頭規定封簽的最後一刻，終於送出他蔡恭晚潦倒了半輩子以來終該時來運轉的暴富簽單。

二十年後他還記得河灘上的那個數字。石頭、泥巴加上無邊法力，形成兩個圈圈相互交纏著，那是一個倒臥的∞，多像一雙乖巧的大眼睛，多麼深情款款對他凝視著。

明明就是神的筆跡，怎麼知道後來變成了鬼的黑影。

•

她看過這個主持人，本人比螢幕上年輕漂亮，介紹完蔡家的屋內環境後，開始朝她招著手：阿嬤阿嬤，換妳來講幾句話乎觀眾聽。她在櫥櫃後面擋著手，攝影機卻已轉過來，而蔡恭晚早在預定角落等待著她的合影。她不想站到他旁邊，推託了很久，錄影數度喊停，一旁監督的兒子急得不斷跺著腳。

後來電視播出時，她才發現蔡恭晚的頭頂幾乎禿光了，特地染黑的髮毛只像幾根枯絲垂在頸後，平常她看都不看的這副狼狽相總算逼現到眼前。節目叫做「小鎮巡禮」，介紹完廟宇夜市和地方土產，後半段便是企業楷模蔡紫式的成長歷程。兩老的衣服怎麼穿，問話要怎麼答，都聽阿紫的意見，從三個月前就開始演練的父慈母慧的畫面裡，阿紫穿梭全場緊盯著所有細節，黑西裝紅領帶，兩顆藍色袖釦閃亮發光，渾身歡欣得像隻喜鵲飛過去又飛過來。

但她看得出琵芬是憂愁的，端出一盤水果就躲進廚房，伉儷情深的情節完全沒辦法上演。媳婦雖然只是別人的女兒，她還是心疼這個女人遲早會像她。兒子都把真相講反了，他們大妻感情誰知道，聽說沒有一天是半夜之前回家的，每次喝到爛醉進不了家門，才被人攙來這裡過夜。一家和樂全都是假，只有一樣是真的，把這死老猴騙回來，就是為了演出這天的三代同堂。

最可憐當然就是乖孫阿莫了，被他爸爸押在現場，眼神像一條死魚那樣黯淡。她當然知道阿莫為什麼變成這樣，好端端交往的女朋友突然跑掉了，完全也是死老猴招來的禍端。不然，那叫小咪的女孩很漂亮啊，也不怕生，第一次上門就挨著她瘦疼的肩膀又捏又按，嘴巴甜得討人喜歡。

只是在她瞇著眼的陶醉裡，她忽然想起這女孩越來越像一個人。她在腦海裡一個個追認，從每戶鄰居到市場攤販，到街上的各家小店頭，還在思索著，死老猴剛巧拎著葉菜回來，兩列大小火車終於就在客廳撞上了。死老猴兩眼滾燙燙，那個女孩也嚇得說不出話，老小一起愣在原地對看著，難得歡樂起來的氣氛忽然急凍下來。

後來還是靠她自己解出了答案，她終於想起那個站在環保車上的女人了。

那時的蔡歐陽晴美每兩天丟一次垃圾，車子來到巷口都在入夜七點鐘。她的袋子一向最小，就像她停經後的胃口，她總是靜靜躲在騎樓下，等到別家扔完才出來。盛夏這天，霞色是依稀的半明半暗，她卻終於瞧見了失蹤多年的蔡恭晚，他正跨在環保車上，單手控著輸送鈕，單手接收那女助手拋來的分類袋。直到各家各戶丟完了垃圾，車邊終於安靜下來，蔡恭晚轉身揑揑那個小屁股，這才跳下來準備回到前座開車。

這時他突然朝著騎樓喊：喂，阿妳的袋仔咧，妳是欲等最後一班喔？

她把袋子抓得緊緊，感覺自己好像被掠奪了，往後閃到樓柱另一頭，反讓腳後跟拐倒下來，藏不住的身軀終於晾出原形。這時的蔡恭晚顯然愣住了，便再也沒有出聲，反而緊急發動了車子。當她從地上爬起，聽見那首〈少女的祈禱〉在加速中已經變成急行快板，只剩一半的車尾竄入支線逃逸後，那越來越遠的祈禱最後終於飄上了夜空。

自此以後她不再出門，大包小包的垃圾貼牆而立，空氣中一股酸味塞滿眼睛；然而還有一種東西是她最害怕的，也許來自窗縫，來自聲音光線甚至也來自天花板，種種毀滅性的毒物一點一滴滲出了讓她恐慌起來的氣息。她貼了無數封條，堵住魔鬼的空隙。她關閉所有光源，不洩漏任何聲音，時時防堵著誰要來陷害她。但她自認一切如常，每天還是平靜等待，蔡恭晚會在半夜回來敲門，這個希望沒有破滅。她曾經拒絕兒媳同住，為的也是不願相信身邊永遠少掉一個人，她寧願繼續等，唯有這樣的寂寞才能永遠記得那天晚上的離別。

媳婦過來為她清理垃圾山的時候，她已經躺在醫院進行著精神官能的療程，嘴裡不斷叫喊著蔡恭晚在她生命中留下的零碎記憶。妳遇到過最快樂的事嗎？蔡恭晚。妳在害怕什麼？蔡恭晚。出院後誰來接妳回家？蔡恭晚。那麼妳最不想看到的人是誰？蔡恭晚。那段日子，蔡恭晚彷彿占用她的腦海也擺布她的唇語，她緊抓著媳婦帶來的佛珠，每一句念得像咒語，每一顆緊緊捏壓捻滾，指腹隆起破滅，血水絲絲滲出。她一度陷入迷亂，強烈的孤單像一幕黑夜在無邊無際的腦海慢慢翻白。

她生命中沒有其他男人的記憶，剛滿二十歲相親結婚，三天後識破了他是國

INK PUBLISHING

讀者服務卡

您買的書是：________________________________

生日：　　　年　　　月　　　日

學歷：□國中　　□高中　　□大專　　□研究所（含以上）

職業：□學生　　□軍警公教　□服務業

□工　　□商　　□大眾傳播

□SOHO族　　□學生　　□其他 ____________

購書方式：□門市______書店　□網路書店　□親友贈送　□其他______

購書原因：□題材吸引　□價格實在　□力挺作者　□設計新穎

□就愛印刻　□其他 ____________（可複選）

購買日期：________年________月________日

你從哪裡得知本書：□書店　□報紙　□雜誌　□網路　□親友介紹

□DM傳單　□廣播　□電視　□其他

你對本書的評價：（請填代號　1.非常滿意　2.滿意　3.普通　4.不滿意）

書名______　內容______封面設計______版面設計____

讀完本書後您覺得：

1.□非常喜歡　2.□喜歡　3.□普通　4.□不喜歡　5.□非常不喜歡

您對於本書建議：

感謝您的惠顧，為了提供更好的服務，請填妥各欄資料，將讀者服務卡直接寄回或傳真本社，我們將隨時提供最新的出版、活動等相關訊息。

讀者服務專線：（02）2228-1626　讀者傳真專線：（02）2228-1598

廣	告	回	信
板橋郵局登記證			
板橋廣字第83號			
免	貼	郵	票

舒讀網「碼」上看

235-53
新北市中和區建一路249號8樓
印刻文學生活雜誌出版有限公司　收
讀者服務部

姓名：　　　　性別：□男　□女

郵遞區號：

地址：

電話：（日）　　　　（夜）

傳真：

e-mail：

INK

校職員的謊言，但她沒有任何哭訴，依然心甘情願隨他四處奔波打零工，為的只是緊緊抱住那剩下來的，每天貼在摩托車後座上的一點點幸福感。

她原本相信等待就有希望，即便曾經夢見他遭人暗算，醒來也不驚慌，一切生死都不算，除非蔡恭晚親口告訴她。她沒想到被暗算的原來是她自己，甚至當她從〈少女的祈禱〉聲中連滾帶爬回到自家門口時，還以為剛剛的幻覺未免太過荒唐。

她很少回顧自己。她的一生簡單漫長，搭錯一部快車，抵達終點才看見陌生站牌，好不容易下了車，慢慢走，才走到現在的黃昏。現在她已經不再那麼憂愁了，阿莫帶來女朋友的那天便是那般從容度過的，她不動聲色，再也沒有任何哀傷。

•

阿紫身上有股特殊氣味，不全然來自香水，而是男人發跡之後一種雄糾糾的蠱惑，隨時蟄伏在他眼底和毛細孔裡。蔡恭晚相信這種魅力只有勝利者身上才有，是一種侵略過後自然散發出來的魔幻味道，誰也奈何不了。阿紫是上天栽培的孩子，出生時沒有心跳，捧在手底就像一根紫茄，當時若不是他這老爸緊急搓捏一把，輪不到這小子今天還那麼趾高氣揚。

十天半個月阿紫偶爾過來一下，有時躺在樹蔭下的車子裡休息，只讓司機捧著罐頭水果進來哈啦幾句，心血來潮時才親自登門進屋，拉開了領帶，身上那股氣息便像窗外的晨霧飄了進來。

有欠啥莫？哪有欠啥就愛講，我隨時叫阿芬款一批過來。

兩老都會各自搖頭，搖頭的節奏並不齊整，心裡想的也不相同。

蔡歐陽晴美平常簡樸慣了，自然什麼都不缺，但除了搖頭之外，總有一股憂心說不出來。阿紫有時會來個西式擁抱，熱情地拍拍她的後背，胸口卻是空心的，不像瑟芬雖然只把她的手拿去放進自己手裡，傳達給她的溫度卻是剛剛好的貼心。她靜靜看著阿紫，心裡的罣礙無人知曉，她會在他離去時快步上樓走進房間，從狹長的側窗盯佇外面行道樹下的車子，那駕駛座旁的位子通常都是不同面貌的女人，從來沒有一次是瑟芬坐在那裡。

但她發現死老猴對著阿紫搖頭時，那種神情是慌張的，表面上雖也傳達著不缺任何物料的意思，卻帶有一種害怕對方追究的惶恐。惶恐什麼，可能就是長住的客人那種隱約的歉意和不安吧。他們的父子關係是空白的，好像就為了電視錄影才開始交往，全家福的情節播出後，人趕不走了，擺在眼前便就剩下了一種強迫歸宗的親屬感。

蔡恭晚的觀察就沒有那麼細微，除了好奇阿紫身上的氣味，他每天期盼的還是和老妻同桌共飯的溫暖時光，吃飯雖是例行公事，兩個人一起默默吃到碗底總也會吃出一點感情來吧。沒想她每次總是為了離席而吃得急快，脊椎挺著食道向上蠕動，兩眼直視前方，含在嘴裡的食渣鼓滿兩邊腮幫，活像死刑犯的最後一餐。他則懷著小媳婦般的隱情，咬不碎她提早關火的菜肉，知道她總是留下一手，故意讓他就著孤單的臼齒在空曠的牙床上慢慢搓磨著。但他沒有怨尤，吃得很是開心，咬不爛的偷偷塞進桶子裡，半年來瘦了六點五公斤。

這樣的日子還是要熬下去的。想了很多辦法，每天早晨幫她剪花，前門後院掃得一塵不染，爬上採光罩擦淨了酸雨的汙跡，或者為了搜尋話題也開始剪報了，有時貼著一則八卦新聞也刻意笑得人仰馬翻，沒料到旁邊的老查某偏偏鎮定得很，眼裡沒有任何人，連沒有空氣也能活下去的那種傲慢都使了出來。

這樣，七個月後的一個陰日下午，他為了尋找阿紫身上的那股氣味，終於鼓起勇氣走進了西藥房。那夜九點，他把自己洗得通透乾淨，然後在兩杯老酒的慫恿下，果敢吞下了神奇藥丸，深呼吸八次，心裡數到一百，彷彿發動著即將從容赴死的轟炸機。

但她的房門緊鎖，門下燈焰微弱，小聲而清晰的螢幕對白穿入耳膜。

他敲了門，很輕的指尖探路，希望聽到的是她把電視關了。

不久他又試了一下，指關節釘在門板上，可惜那些雜音一直沒有消失。

後來他才正式敲著，抵達重聽者的程度，裡面果然靜悄下來，卻也包括她的聲音。

他夾緊了雙腿，但願只是潛意識作祟，藥神的魔力應該還沒來到肚臍邊。他急躁地喂了一聲，裡面反而更加死靜了。為了驅走難免羞怒起來的情緒，他突然想起一種逗她開心的老方法，開始像個圍牆外的頑童那樣尖細地叫著蔡歐陽晴美、蔡歐陽晴美，幾近兩手圈在嘴上不敢張揚的那種鳥調子。

房間裡的她戒備著，她認為自己沒有回應是正確的，因為她已經不是過去的蔡歐陽晴美了。為了替他保住婚後堅持的傳統，她還願意冠著他的姓，畢竟在她生命中也只有這個傷害最小。可是，一個人的幸福明明那麼短暫，名字念起來何苦比別人的長，她只好去申請改名，去掉了最後一個字，在發現他背叛的那年生日當天，正式實現了她蔡歐陽晴最後的斷尾求生。

•

兩顆催情藥丸加上酒精助跑，給蔡恭晚帶來的是難眠的夜晚，他進出廁所無數次，貼著洗臉台發呆，腫熱的下體像隻小鱷魚瀕死的抖竄。他對著化妝鏡，嘗到了整張臉垮下來的悲酸，想到自己走到了這一步，應該就是人生的末路窮途了。

然而讓他震驚的是，他發覺自己並不會死。這太殘酷了，他的一切檢查正常，肺活量驚人，心血管宛如處子，質量指數是漂亮的中間值。接著他又從一篇醫學報告得到了他無法死亡的精密推論：如果他體內的細胞產生變異，也要長時間的累積才能稱作癌初期細胞；好吧，就算癌初期細胞吧，那又要很久才算進入癌前細胞的階段；然後呢，細胞又再產生變異嗎？那時頂多才叫做癌細胞罷了。

而光是這樣的過程，大約也要十年的漫長時光。

問題出在這裡，他的免疫力強悍，時間根本無法從任何一個漏洞開始起算。

蔡恭晚便開始改變了。

蔡歐陽晴美慢慢發現每天午後的院子有人扔了菸屁股，那整排植成短籬的茉莉花叢下總有一窪半灘的檳榔汁偷偷啐在那裡。當她發現原來都是他的傑作時，才知道他連那張嘴臉也變了樣，整天掛著嘻嘻傻笑，是那種不正經加上漫不經心的死樣子。

她在固定時日到院領藥時，他不再默默等在一旁，而是到處逛街一樣去了又來，來了又走，忽然找個陌生病患寒暄，忽然趴在服務台捲起袖子，歪著下巴擱在手上，然後癡癡聽著量血壓的小女生滿口阿公阿伯的貼心叮嚀。

她極避免也非常討厭的買菜的日子，他堅持幫她提籃而搶著出門，一路像個粗枝大葉的老闆諜跟在屁股後面。活著是那麼辛苦，房子是阿紫買的，菜錢是阿紫給的，如今連唯一可以慢慢走路的尊嚴也被死老猴攔截了。一路上是越想越不甘心的，想她還是少女的當時，從未和一個男人並肩走過路，沒想一掉進那個婚姻就來到這般殘酷的晚年——如今她只能悻悻走在前面，讓後面鬆鬆垮垮的老屁股時時提醒著她：活著，是那麼的羞恥啊。

終於來到了滿八個月的這天晚上。兩老總算第一次直視著對方，一起趴在話機旁。電話是媳婦打來的，蔡歐陽晴美只顧慌張啜泣著，還是蔡恭晚手腳俐落些，他跨過沙發搶了聽筒大喊：出事，出啥事，妳說阿莫是出啥事……。

斷線後的電話再也沒有聲音了。蔡歐陽晴美打不通媳婦的手機，急得直繞圈子嗚嗚哭著，雖不明白阿莫出了什麼事，想也知道死老猴帶回來的災厄至今還沒平息。她爬上神明廳匆匆跪拜一陣後，舉著一炷香出到陽台，卻發現蔡恭晚一個人蹲在簷外猛吸著菸，那扭曲的背影顯然是傾斜的，還不停搖晃著，是腦中風才有的樣態嗎？上半身的重量彷彿放在胳臂上依偎著，然後突然非常嬌羞地，慢慢地抖動了起來。

2

蔡紫式不抽隔夜的菸。父親曾經遞來一支，被他拒絕了，那個菸盒塞在褲袋裡不知幾天了，還真像個七旬老人皺巴巴的臉形。他心裡還有個拒絕的理由，他和父親沒有話說，而兩個男人沉默地吸著菸是很奇怪的。

除了不抽隔夜的菸，他也不喜歡隔夜的女人，他會在半夜讓她走，或者兩個人一起離開。半夜兩點三十分是他的界線，那時的房間已經飄起狂騷的野腥，床褥凌亂的抓痕也只剩下幾許偷歡的體溫，而天將微亮的虛無感正在開始逼近，這時再不走就要慢慢聞到隔夜的霉味了。

倒有一群裸女在他家裡過著一夜又一夜。那是一幅幅名家畫作，掛滿了他個人專屬的天地，臨窗的狹長房間鋪著榻榻米，從門後開始降下的一條壕溝延伸到盡頭，方便品酒宴客時讓一雙雙長短腿整齊地擱在桌底下，像兩排彼此對坐的招安戰俘，乖乖聽他講述著每幅畫或者每個裸女的精采由來。

最初他看上的是一汪水塘裡一個側臥在荷葉上的女人，眼睛朝他望，乳房對著他，微曲的雙腿輕輕夾著下體，一瞬間便將他拉進了深淵。蔡紫式在她面前站了很久，那是商業講座中途的尿尿時間，他被隔壁展覽室的一雙手請了進去，馬上就被她吸引。他對畫產生興趣大約就是從這裡開始，最基本概念是除了繪畫，一個女人或一條狗根本無法躺在荷葉上。此外，他在散場後回到展覽室時，她還在那裡朝他睨著呢，一樣的角度，一樣的幽幽情意，這神來之筆似乎把他生命中的黑暗角落瞬間照亮了。

裸女的收藏溢出了牆面之後，蔡紫式便讓她們來到了餐室、客廳和走道兩旁。蔡瑟芬每天起床看到的便是這些夢幻，所有衣縷褪盡的女子彷彿一個個等著她醒來。阿紫媽媽只來住過一晚，一大早覺得反胃就回去了。倒是阿紫的爸從沒來過，她嫁入蔡家就沒有看過他，每次去探望獨居的婆婆，都覺得那裡的屋前屋後貫穿著寂涼的風，老人家扳著扶手爬樓，不久又摸著牆緣一階階慢慢踩下來，漫無目的，漫長時間迴旋著升降空間。蔡瑟芬經常看見的自己，就像在那空間裡飄浮著的影子，像樓梯牆面一片片斑駁的移動的日光。

幸好她也有自己的閣樓，房間刻意弄小，讓出了敞亮的插花教室，朝東處縮進一塊沒有頂蓋的露台，植著她隨時可以取材自用的四季草花。一週兩天，或者不上課的清晨夜晚，她喜歡一個人的自在，享受自己的思緒像雨後移動的山嵐，偶爾露台上剛開了半朵新苞，她便隨著心情插出一盆簡單的文人花。

蔡紫式找不到她的時候才會上樓。他不習慣這裡的靜悄無聲，也想不通一個女人為什麼可以坐著不動，為什麼不去逛街購物打發自己的時間。

但他雖然上來了，卻也沒有什麼正經事要說的。

這是什麼？他會俯身去嗅嗅瓶子裡的水。

當然是花。她只要應個聲就夠了，知道他其實也不喜歡隔夜的花。

什麼花？

季節花。

什麼季節了還開這種花？他嘴裡念著，並不等她回答。

這時便又聽到那種沒有尾音的氣息了，急促，乾渴，說完就是動作的開始，已經轉身來到她後面，猛力攬住她的腰身，單手勾進裙內，一番摸索便就扣住了底褲，然後往下拉扯，沿著大腿、膝蓋和腳趾，直至褪落地上。

他不太需要把她的上衣全部剝光，向來都是趁隙探入雙乳間搓揉，下至肚臍，然後在微細的妊娠紋附近迅速撤退。但另一隻手並不罷休，它替他撩高裙襬，攏準了他要的位置，讓他終於可以徹底深入，且戰且走地進行倉皇的洩洪。

什麼花？季節花。她的預感十分準確，他不會無緣無故走上樓，只要他毫無預警地出現，只要她的預感還具備著那般準確的悲哀，她就能憑著簡短的對話來確認這一刻的到來。

強暴很快就結束了。她不願在自己丈夫身上想到這個詞，但在客廳，在梳妝台上，在廚房的爐火旁，她面對這種粗魯對待已不知幾次。以前共用的睡房窗明几淨，地上鋪著絨毯，連隱藏在線板裡的側光都散發著幽微浪漫，但她慢慢發現她不屬於那裡，那裡只是蔡紫式用來熟睡的地方。他不喜歡床邊有別人的呼吸，他似乎寧願每個女人都在畫裡，就像她一樣，她也是一幅畫，一個道具，隨手可用，但不應該在半夜兩點三十分之後還躺在他身邊。

•

她的腿身修長而潮濕，弦月般的臀彎還滴著水，被掩在浴室門縫的蔡紫式拍成了光影下的裸身，裱掛在房間裡度過了一段賞味期。照片沒有她的臉，只有乳房的側尖、驚嚇的背影以及從腰間滑向大腿的曲線，顯然他要的只是藉由模糊水氣變幻出的夢一樣的肌體。

那張照片後來連同相機器材一起丟進了倉庫，屬於新手蔡紫式的攝影狂熱很快畫下短短三個月的句點。接著他便去攀登玉山了，行前上了兩堂課，有關高山動植物生態的解說隻字未寫，厚厚的筆記本只有扉頁上短短五個字：玉山我來了。那時的玉山熱是一門成功學，鎮上夥同蔡紫式前去的還有三個建築公會成員，大都不是為了登山，而是害怕掉在人後引發眾人的奚落。

蔡紫式回來後卻告訴她，在排雲山莊等待攻頂的夜裡，他看到了一頭黑熊。有這麼大，他畫出的誇張手勢超出了自己的體型。他說睡不著的半夜兩點，四個人哆嗦在坡坎下抽著菸，後來當他朝著山谷尿尿時，忽然就發現牠了，矮林下的那頭巨物正在對他眨著星星般的眼睛。他來不及扣上拉鍊，但也沒有任何聲張，而是悄悄丟下那三個吞雲吐霧的傢伙，一個人獨自回到通鋪上，然後放心安靜地躺了下來。

最早發現危機的人通常都可以倖存，他說。

蔡瑟芬聽不懂他的表達，直到同業們的名號被他寫在紙上，開始一個個品頭論足的時候，她才知道那頭黑熊只是一個引題，但結論相同，他寧願他們都被熊吃掉了。

妳看這個姓朱的，財大氣粗，可惜已經得了胰臟癌。

這個老許還酒駕上報咧，家族企業裡沒有一個爭氣的，未來根本不是對手。還有，妳看這裡……，蔡紫式在第三個人名下畫出了族譜，指著一條條橫直線的尾端說：看到沒有，下面全都空白了，嘿嘿，這傢伙沒有後代。

也就是說，就算他們被熊吃掉了也不冤枉啊，他說完連灌威士忌兩杯，眼睛瀰漫紅玫瑰的濡色，看她還托住下巴納悶在那張紙上，便開始談起了阿莫的未來，他希望有一天當他終於成為鎮上的首富，那時阿莫的接班之路正好可以開始啟程。

妳去把他叫出來，我有話跟他說。

要做什麼，他已經睡覺了。

睡覺，睡什麼覺？外面的敵人都還沒有陣亡咧。

他斥了一聲，酒繼續喝，透露著他已選定了一家五星級飯店，下個月就要安排阿莫去當門僮。我的企業體不能沒有一家像樣的大飯店，他說，等將來我們飯店開幕，那時候外界才會恍然大悟，原來門僮出身的總經理就是我的布局。

酒喝多了，迷濛的雙眼望著她，那頭黑熊引爆的靈感讓他持續亢奮著，否則他們夫妻很少這樣對坐在深夜的客廳。但她知道今夜沒事，她沒有任何預感，面對面的時刻他不會這樣直來。他只喜歡暗中突襲，享受出其不意引來的驚慌，然後在粉碎的求饒聲中讓他自己越來越勇敢。倘若此刻她想印證，身上的薄睡衣隨時可以輕鬆扯下，但他會認為這種挑釁非常無聊，他會在忽然警覺起來的氛圍中戒備出一張憂愁的臉。

甚至扳直了上身說：這麼輕浮的舉動妳也做得出來。

她永遠不會忘記自己身上只是一塊肉體的事實。結婚當夜，全然沒有想像中纏綿，他的動作疾快，像一陣風來雨去，後來他起身套上衣服時，才忽然像個吃完饗宴的來賓品評著美味佳餚，貼著臉在她耳邊悄聲說：妳的器官很美。

那樣的讚美她不太能懂，她還躺在恍惚中，只記得像一頭獸物的丈夫剛剛還嗅過她的手腳和腋下，在確認沒有任何異味之後才捲起舌頭開動了他的舔吮。她以為結婚就是這樣，沒想過還要那麼多年以後，她才體會出那樣的讚美其實是那麼詭異，是再詭異不過的了。

但這就是他，話不多，想要擊中要害才開口，這副德性依然還像以前的老樣子。二十多年前和他初見，是蔡紫式工作坊六個字首先映入眼簾，歪斜而破損的小招牌貼在舊巷裡，門一推開就看到了後面的牆，四張沒人的桌椅空擺著樣式，一個男的抬頭和她對看了一眼，然後他說，蔡紫式就是他。

他丟給她一組標題，一堆作廢的文案小字，要她二十分鐘內拼出一張海報的雛形，說完便又回到牆下，兩隻大腿疊在電話旁，然後繼續抽他的菸。她在窄小的桌面兩手夾緊，一邊擠著黏膠，一邊裁起美工刀，不像個還算高傲的美術系高材生。她只有素描擅長，但她很想提早把這張海報弄好，一方面是雙親驟逝後的家用已經短絀，一方面她急需著一種昏天暗地的忙碌來埋葬掉自己的情傷。

蔡紫式抽完了兩根菸，比那二十分鐘還慢一截的蔡瑟芬小妹妹總算遞出了她的處女作。她依然記得那個標題還是個問句呢，你快樂嗎？可惜那個作品是不快樂的，上面亮著未乾的膠水，中段的文字也因為慌亂而貼歪了。蔡紫式大約探視了三秒，臉上毫無任何牽掛，丟下稿子後很快回到自己座位上，然後擠出了一種忽然憂愁起來的聲音說：其實妳也可以來幫我接接電話，我大部分時間都在外面跑，有些業主打不進來就跑掉了。

蔡紫式每天騎一部老野狼，堵塞的引擎總要在巷口噴嗆幾聲才能出發，回來時經常帶著滿臉挫敗，老套的應景西裝不斷散發出難聞的汗酸。他四處承接別家不做的小型房產廣告，自己寫文案，美工外包處理，進門出門隨手夾著幾張被打回票的修正稿。

那時的設計還很老派，標題講求手寫粗黑體，文案送到外面打字洗出相紙，加以剪貼編排後，再覆上一層描圖紙來標出色號，才算完成當時俗稱的黑稿。她翻了兩個月的經典案例，暗自惡補模擬，從一個小丫頭練習生慢慢摸出竅門，便開始把外包的設計案攬在自己身上，然後依循著自己的心情，盡在每張紙版的裁切線內拚命加框，大框加小框，小框內再加更細的針筆框，非要擠不進任何一絲縫隙，彷彿唯有這樣的封藏才能稍稍保住掉在感情深淵裡的自己。

她窩在巷子裡整整三年。蔡紫式尚未發跡之前，那裡就是他和她，沒想像過公司遠景，也沒聽說過員工享有什麼聚餐旅遊，他甚至沒注意到她是女性，沒有任何一樁生活小事成為他們悄悄的話題。她每天開鐵門上班，有時終日只她一人，除了趕稿，她也負責留紙條，把誰等回電、誰要求進度全部記下，在那還沒有靈便手機的年代，她把紙條貼在他的玻璃桌上，然後關鐵門下班。

直到一個加班趕稿後的深夜。她的摩托車飛往製版廠，停在紅燈路口才發現稿面上的描圖紙已經被風吹開，密密麻麻的文字段落忽然亮著幾行空白，她急得回頭亂找，拚命拍打摩托車上任何可疑縫隙，最後只有抱著公共電話無助地嚎哭起來。

預備在清晨開印的機器，眼看就要因為沒有版樣而停擺，而那又是耶誕節前金額最大的委託案。回想起來，那天深夜唯獨蔡紫式才有的超凡冷靜還是讓她驚心，他只在電話那頭冷冷問道，妳哭完了嗎？然後他去找出自己的原稿，要她念出掉字的地方，這時反而讓她哭得更加傷心，那已經丟掉的字句不就像她的過去一樣空白嗎？

蔡紫式沒有想像中的憤怒，他叫醒了凌晨時刻的照相打字行，只差還沒把掉字內容交給對方。當那熟悉的引擎聲從遠而近時，她像攔車那樣跑到了昏暗的路肩，孤伶伶地抱著黑稿瑟縮著，彷彿等待著一隻援手來接走她的一生。

隔年春天的蔡紫式忽然成為她的新郎。也許因為當時哭得太過厲害，所以得到了他的同情吧，她想。結婚的餐宴在一家三桌客滿的海產店舉行，點燃的鞭炮躲在雨中的簷板下結巴著，阿紫媽媽喪著臉坐在一個空位旁，想不通自己的丈夫才剛逃亡半個多月，為什麼唯一的兒子是這樣的魯莽。

她也無法理解這個忽然變成丈夫的男人。只知道他的背影其實是孤寂的，從未看過他的喜悅或悲傷，彷彿一直躲在不為人知的世界裡悄悄臥底，隱藏著真實面貌，每天為著等不到讓他脫險的指令而深陷苦惱。

倘若這世界沒有蔡紫式，也許她會過得更慘吧，她這麼安慰自己，不快樂並不會痛苦，在這方面她比蔡紫式好多了。痛苦的蔡紫式只有表面是快樂的，追求敵人殲滅後的滿足，享受四處掌聲帶來的狂醉，卻無法忍受一個女人永遠躺在他身邊。

是誰讓她的丈夫變成這樣，她不知道，只知道有人藏在他的生命中。

•

生日剛到的凌晨，酒廂的氣氛開始酣暢，嬉鬧的小手會在他的嘴唇塗上白色粉泡，然後妹妹們輪流跨上他的大腿，一個個掀開自己的胸衣，讓他白色的唇印緊緊貼在乳暈四周，像個失恃的孩子接受款待那般。聖誕夜，她們還逗他戴起紅色絨帽，給他貼上了白鬍鬚黑眼罩，讓身上任何一處隨他摸索，要是猜不出名字就罰他給出大紅包。

妹妹們喜歡每年這兩天，只有這樣的節日蔡董不會抗拒，除了跟他撒嬌時趁機討些老帳，還有餘興節目要輪番抽出兩名幸運女生跟他一起出場上床。

蔡紫式沒有所謂喜歡或不喜歡，床上他微瞇著眼睛任她們擺布時，肉體享受著沒有風險的挑逗，腦海裡的寧靜感也沒有人有辦法偷走。妹妹們一旦騷野起來，他越能靜靜地想起一個人，感覺那個人彷彿也在空中對他凝視著，而那張姣美的面容還帶著憂傷。也是因為能夠這樣，他不太挑剔買單出場的女孩樣貌，只要肉體的曲線妖嬈，柔軟度適合在潔白的床單上滾翻，他幾乎就能在慢慢升起的放浪中聽見腦海裡的她的哀愁，並且嗔怒著對他說：為什麼，為什麼你要這樣啊？

他也不避諱她們梳著指尖來到肚臍邊的一橫傷疤上。縫得真好看，哥哥你性病喲，割錯地方了喔。有的還緊緊吸著它，刻意留下凝滯的血印，使得這道傷疤看起來像兩片不快樂的嘴唇抿閉著。他記得還有個滑溜溜的原住民女孩，為了證實自己也有從檳榔樹摔下來的舊創，性感地撩起渾身唯一遮掩的長髮，拚命翻找著頸下稀疏的寒毛。

他用的是一把雕刻刀。從左腹戳下，沒有想像中的劇痛，進去的瞬間才發現刀鋒過短，既不想拔出再下一城，只好打橫了握柄，彷如母親的針線從衣背穿出，硬是由裡往外捅出了另一道肉坑，而那把雕刻刀後來便隨著他的昏厥，像支寂寞的串燒橫在兩道傷口中間。

他父親在黃昏出發，五個小時後摩托車才抵達深夜的台北，帶來的土雞被留置在醫院後方的雨棚下啼了一整夜。他從恢復室醒來時，雖然父親突然喀出了難免哀傷的鼻音，但他還是覺得耳裡聽見的第一聲呼喚，應該就是那隻土雞把他催醒的訊息。

兩個傷口確實怪異，相距不過五指寬，不像一個仇敵所為，也難以理解是兩個凶手選在同處各下一手，至於一般的尋短之路也不挑這種折騰兩次的死法。他拒絕回答急診醫師的詰問，警察來了又走，後到的父親當然也就一無所知。只有他知道自己其實拿錯了刀，如果水果刀隨手可用，切入的縱深就可讓他不必醒來，也不用承受粗糙的鈍面帶來的莫名創痛。然而在那無言的當下，一個人倘若還能細膩到選好舒服的臥姿倒下，那麼，他應該還有一些想法來度過各種困境吧。

他的困境來自一尾秋刀魚。瘦長的銀灰色秋刀魚，躺在那個午後的鐵絲網上慢慢噗哧著，他一邊顧著炭火的強弱，也時時望著她在那群姊姊妹妹之間打水嬉戲的身影。幾個他不認識的男性聚在溪邊的岩下抽菸喝啤酒，高談股市財經和他們從事的專業訊息。他沒有興趣加入，退伍以來還沒找到工作，只能窩在一個雕刻老師傅那裡重拾以前的技藝，要不是臨時被她叫出來散心，他不會想要認識這些高談闊論的傢伙。

他只想聽到她的讚美，連一條秋刀魚他也十分在意，翻面不能黏住魚皮，頭尾應該連成一體，全身務必呈現剛剛好的金黃色，那麼當她上岸來到爐邊，第一口要讓她先嘗，她會彎下腰來，深吸一口氣，瞇上眼睛，慢慢吐出讚賞的鼻音，然後用她亮吟吟的聲音說，好美好香的秋刀魚呀。

只有這條魚不讓他感到羞恥。以前他在鎮上還有自豪的手藝，老楊檜木桶店逢人就說他是最出色的傳人，但他後來還是離開了，只因她要到台北上大學。他開始在她學校附近的早餐店打工，油燻的汙漬每天噴在臉上，打烊後只好繞路避開她的校園；也因為沒有電話可以傾訴，不像住在小鎮還有一台腳踏車隨時把他們兩人帶到橋邊。他只好等待她來店裡，貓一樣吃著她喜歡的蛋餅，這時他才有機會稍稍表達思念，並且透露他已經接到兵單的訊息。明明每天過得非常緩慢，卻又覺得其實每分每秒都在拆解，尤其當他望著離去的背影，總覺得她有著一種遙遠的樣子正在慢慢把他拋開。

兩年後的這尾秋刀魚，完美的體身，油溜的鮮香，卻讓他墜入了更深的迷惘——她們在溪邊各自把腳晾乾後，似乎又回到了來時的機靈，細聲交換著內心話朝他走來，然後他終於聽見了，聽見其中一個憂心忡忡地說：妳別傻喔，一輩子陪他刻木頭嗎？她們以為他沒聽見，還圍著秋刀魚歡聲叫好，反而只有她靜默了下來，朝他閃過一個飄忽的眼神之後，突然別開臉走向了另一邊。

這樣的情景，終於也讓他想起了幼時住在鎮外偏鄉的往事。那時他家的矮屋對著一處兵營的後圍牆，每天放學的午後剛好就是阿兵哥吃飽飯的空檔，伙房裡正在哐啷哐啷洗著鍋碗。他丟下書包，立刻取了鋁盤跑到牆邊，裡面放了兩個五角錢，高高舉起剛好擱在牆頭上，然後等待某個伙夫把它拿走後，裝出滿滿一盤白飯放回到原來的地方。那時阿公阿嬤還在，母親偶爾回來，每天的主食由他負責捧回家，刺激又好玩，好像和一個看不見的人玩著看得見的遊戲。直到冬季開始的某一天，他擱到牆頭上的鋁盤突然被一陣強風吹翻了，鋁盤一瞬間掉進牆院裡，而他等了很久的白飯一直沒有出現。他急得找來兩塊磚頭，踮起腳尖，終於看到牆的另一邊。然而一個凶狠的老兵突然露臉了，那雙爬滿血絲的眼睛彷彿早就盯在牆後戒備著，猛地對準了他的臉孔，惡狠狠地吼聲大叫：你，給我滾下去。

他終於厭倦這些種種的遊戲了。倘若人生就是這樣無奈的、玩了一半突然就縮手的遊戲。在堆放著許多木頭粗胚的房間裡，那把雕刻刀就像種種無奈的當下那樣地別無選擇，他匆匆握起，沒有太多思索，彷彿進去只是為了找人，找不到人只好從另一個洞裡繞出來，像是惶惶然走過一條寂寞的暗巷那樣的感覺罷了。

唯一不讓這道疤痕被看穿的，反倒是每天住在一起的妻子。床笫中無意摸到它的瑟芬，很快就被他制止了。他一直迴避著妻子面前的裸身，或許也是因為這個記憶，卻沒想到其實很多年來，那個人似乎還在他的左腹裡存活著，雖然洞口已經封死，但裡面的她還是藉著疤痕呼吸，彷彿永遠不會窒息。

•

終於還是決定離開的蔡瑟芬，理由就像當初的結合一樣簡單，以前沒有快樂，現在也沒有痛苦，離婚和結婚扯平，還得到一個好處，可以回到自己的路上，再走一遍，不會那麼倒楣。

這樣，任何爭執也都可以避免了，輸贏早已失去意義，蔡紫式雖然每次都輸，但她懷疑他根本不想贏，沒說兩句便默默開溜，第二天才用冷漠來報復。

決定之後，才發現要帶走的東西少得可憐，唯一讓她在意的，反而只是樓頂上的一棵山茶花。樹徑超過兩手合掌的茶花，當初移植已有成年人的樹齡，來這裡又度過十年寒冬，最高梢已經越過梁柱的上空。一直讓她驕傲的這棵樹，迷戀起來幾近瘋狂，愛它純淨如雪，愛它開得不隨便，每年總要等到像她婚姻盡頭那樣的冬寒露重，才有小心翼翼的一朵粉白探出臉來，然後寒風吹雪般瀰漫在自己的天空。

但她厭倦了。對她而言，緩開的茶花是種來等待的，就像她等待的蔡紫式那樣，可惜年年空晃而過，她等到的是撲殺不盡的介殼蟲，橢圓狀的黏膩蟲體，長滿了細爪的白色粉殼，一叢叢貼附著葉面吸取樹汁，看了一直催她傷心。

小小介殼蟲，多像自己的丈夫把他蔓延不盡的精蟲注入不同女人的子宮，為了杜絕牠們成群結隊，曾經噴灑稀釋的硫磺水，求助過一種工業酒精加辣椒再摻入醋酸的混合配方，也試著在樹冠上套住塑膠袋，從底下點燃幾支蚊香，像個調皮小孩蹲在地上等待著牠們的夭亡。

每個月她重複這些蔡紫式不曾聞問的細節，以為只要寂寞可以熬過，應該沒有任何奇花異卉像這棵山茶花教她這麼深愛疼惜。如今既無理由留它下來，終於決定把它轉給十年前的花農，還敲定了移植的時日，沒想到發生了一個插曲。

打算關閉的教室來了一個新人。起初被她拒在門外，但學生們起鬨著，沒有人反對男學員進來，她才回頭仔細看著突然熱鬧起來的玄關，那人肩著小布包，正在低頭收著傘，才知道外面下著雨。

那天的雨還帶來了閃電，幾記清脆的響雷讓她不得不拔高嗓音，在一張自己的素描中從花梗、花萼談到了花瓣，像似對著一個中輟生交代著開學報到的事宜。

我不是來學這個，對方說。

看來不年輕，口氣卻極生猛。我只學一個月，妳教我幾個插花要領就好。

她沒有回應，暗嗔著他的無禮，索性略掉一個章節，猜他沒上完課就會知趣離開。結果沒有，還逾時不走，填了報名表，每個字斗大，每一筆吃力遲緩，讓她更不相信那麼拙鈍的人插得出多像樣的花。

課程原本每週兩次，對方主動要求盡量排滿，非要半年後的進度壓縮在年底前的時限裡，這才想起他只學一個月的說詞不假，問題是所謂花藝並不像進京趕考，一個講究生活美學的人不會這麼冥頑無知。

然而果真每次他都提早到課了。課餘的空檔，視線離不開桌間窗隅的陶盆土甕，隨時張望著急切的眼神，讓她不免好奇，難道一輩子沒看過花嗎？

啊，這樣也很美啊。頻頻對著旁人的習作讚嘆著，課後還走到外面露台流連不去，問透了種種灌木花名，連不同的葉脈也看得仔細入迷。

碰巧這天就是樹穴開始掘土的日子，他卻走進走出一再勸阻，讓她越是生出疑心。

不是已經開花了嗎？他說。一年來的第一朵白茶花，悄悄躲在樹梢末端的葉背上，從室窗看不見的花影，被他趴著欄杆探頭探腦瞧見了。她坐在教室不想探頭，移植已經著手進行，樓下的吊車正在待命，兩個園藝工帶來的繩索分頭套緊了樹幹，油綠的葉叢慢慢在傾斜中飄晃著，像有一群棲住的野鳥驚慌地飛走了。

把樹弄走以後，妳還剩下什麼？男的繞進來說。

不知道他在背後偷窺了多少，不懷好意到這種程度。想要駁斥回去，一時找不到用語，恍惚間彷彿聽見了知音，頓時揪緊了胸口，差點忍不住淚水。

後天妳跟我走，我帶妳去看一種沒有人看過的梅花。

默默瞪著他，好氣好笑毫無邏輯，也覺得他的鐵口直斷暗藏心機，但眼前這張臉卻是那麼真摯，便就隨口應允了下來。雖然暗詫著自己的隨便，幸好想到了阿紫的背叛——何況移樹的事程已經就緒，再來只等自己搬出去的時機，什麼時機最好，自然就好，一個男人突然闖進來、一對夫妻的感情生變了，多麼戲劇化，雖不那麼逼真，但一個要離開的人還需要逼真的台詞嗎？

要去的不過就是台21線的烏松崙，每年花藝團體都在那裡舉辦的例會，憑什麼誇說那是沒有人看過的梅花？不想拆穿他，但為了避免招搖，她自己循例報名了協會的賞梅專車，答應他在山裡會合。

車程卻比去年漫長，陡坡也更彎了，顛簸的車路把她搖晃得又羞又惱，忽然又想到了阿紫，阿紫的第一次也像她這樣的心驚膽戰嗎？

像什麼呢，像心底敲起了鼓棒，剛開始很輕，有意無意，彷如慢條斯理的試音，直到對上了音軌，忽然是冰雹般的槌鼓，忽然又像曲終人散的凝靜，直到整個心房暗室迷亂得近乎窒息。她不喜歡這種感覺，這種感覺讓她發現自己處在一直無法抵達的中途，搖啊搖，搖得忽然哀傷起來，覺得素常多麼安靜的自己，為什麼偏偏帶著遐思來到那麼多人賞梅的地方。

小巴士抵達了山村，果然看見他一路張望而來，昨天還上著課的人，脫掉了師徒外衣後，忽然便有一股靦腆橫在兩人中間。滿坑滿谷的人群不時湧起喧譁，梅林下的茶道也在悠揚的木笛聲中開場了。為了避開熟面孔的同好遲早認出她來，她只好朝著隱密角落走，卻又擔心自己的不安被他看穿。幸好後來他閒不住，獨自跑到林子裡逛了幾處茶席，回來還帶著幾罐新茶，滿口說著剛剛聽到喝到的一些茶經茶品，等到全都講完，突然壓低了聲音。

我今天還帶了手電筒。

哦，你用不到，來這裡賞梅都要提早下山。

不行，晚一點走，要看的還沒出現哩。

現在不能透露嗎？

他搖搖頭，才說出他是第一次來到這種地方。

她聽不懂，眼前也逐漸模糊起來，去年一樣的梅花都暗了，入夜後的山村終於只剩他們兩個人。他跑到車廂拿了大夾克給她禦寒，取出的手電筒沒有打開，兩個身影慢慢混為黑暗一片，黑暗中只聽到他的喃喃自語：再等等，全部暗下來最好。

茶與花的盛會，人跡散盡的荒野。她越想越感到不可思議，即便出軌也不是這樣的探險啊，想要放下腳步，兩腿反而哆嗦起來，只好朝著看不清的影子喊：我看還是回去吧。

這時才有一輪光圈晃到她腳下，她勉強踮起碎步摸索那點餘光，走到一半，赫然以為撞到了鬼影，原來他早就蹲在一根樹頭下，守著獵物似地連呼吸都凝住了。她還納悶著，已被一隻大手強拉而下，細瘦的肩頭硬是被他攬緊，縮成一團的身子只剩兩眼還能睜開，卻沒想到，這時他突然又把手電筒關掉了。

妳準備好了沒有？

你說……我應該準備什麼？

聽說眼睛眨一下也不行的，一瞬間……

那你就趕快把燈打開吧，你自己也準備好吧。

我已經準備半年了……。

打開的手電筒倏地朝著樹梢射出時，她專注的已經不是黑暗中的光，而是葉子落盡後的千枝萬脈迎面撲來。原來是這樣啊，她起著冷顫，發現這些鋪天蓋地的枝椏下，一粒粒的青苞彷如千萬顆小眼睛，它們安安靜靜地懸浮在黑色枝頭上，像夜空滿布的星，像雨後森林中那些滴漏不盡的小水滴。

果然如他所言的一瞬間，她被這奇異景象震住了，明明沒有任何聲音，卻又似乎聽到了一種成群結隊的吶喊，像一大群瑟縮在黑暗中的戰俘，正在瞪著眼，看著她。

但她很快冷靜了下來，一個大男人老遠跑來，就為了揭穿這個黑暗祕密嗎？他從哪裡聽來的，誰經歷了，誰在喧歡的人群背後發現這麼一個孤寂的瞬間。她還沒問，發現他已經嗚著寒顫的聲音，慢慢伏靠在他自己的臂彎裡。

從烏松崙下來的回程，她靜靜聽著男人說話，一路沒有插嘴。他已經賣掉房子，即將搬到偏遠的鄉村，那地方靠近妻子的墓園，此後他想做的，就是每天去那裡看她，每天親手給她一盆花。

他的妻子是在今年夏天過世的，死的時候沒有闔眼，最後一口氣掛在嘴上的，竟然是多年以前他答應前來體會這一幕花開花落的記憶。他苦苦等待了半年的花訊，就是為了實現自己終於來過了的心情。

瑟芬慢慢聽，慢慢發覺自己坐在一部充滿悔恨的車子裡，除了為自己原來的遐思感到可笑，卻也慶幸看到了黑暗中的梅花。可是她自己的問題還在啊，以後的蔡紫式會是這個男人的翻版嗎？但那又怎樣，誰要那麼愚蠢地掛在枝頭，等待開出死亡的花。

•

她要求丈夫無論如何，也要挑一個晚上提早回家。

等了三天，果然準時回來，吃了晚餐，換了睡袍，坐在她面前。

這個情景讓她想起他登完玉山回來，描述著遇見黑熊的那天夜晚。那是多久以前的事了，同樣坐在客廳，她要說的卻是別人的故事。

他帶我去烏松崙，我本來以為他一定很喜歡梅花。

嗯，我也沒聽過男人會特別喜歡梅花。

他是想念他太太才去的，沒想到只看一眼就哭了。

哭了，那不是很殺風景嗎？

女人期待的事情，也許都要死後才會兌現吧。山上那麼暗，她一定徘徊到深夜，否則不可能拿著手電筒在那裡看梅花。不過這對你是沒有意義的，以後你也不會哭。

妳叫我回來，是要問我看了梅花會不會哭？

不要不耐煩，雖然你根本不擔心我為什麼找你，但我還是要說，很多女人像我這樣來到中年，都會有突然想要離開的念頭……。

喔，妳想要離開。

錯了，就因為這件事，我已經決定留下來。

她問他要不要喝茶。她把茶巾鋪上桌面，在他面前置出杯托，白色杯口對著一張疑惑的臉。然後她開始溫壺置茶，緩慢的節奏間，發覺他似乎比想像中安靜，正在悄悄盯著這些細微，沒想到不久之後便在桌面敲著指尖了，指尖的觸擊卻完全沒有發出聲音，看得出他的心思其實正在拿捏著，連指甲也在防備著。

茶湯在瓷杯裡旋出了淡雅的幽黃。你可以喝了，她說。

什麼茶？

今年的冬茶，你小口喝，慢慢會有感覺。

是燙吧，當然是很燙的感覺。

再試試，有一種特別的回憶在裡面。

她拾起瓷盅給他添茶，看見他很快又把杯底吸乾了，嘴裡咂著聲，抱怨聞不到他要的香味。她很想把杯子收回來，還是忍住了，幽幽看著他的臉。

有沒有發覺一種冷冽感，經過味蕾，停留在舌尖。

什麼冷冽感？

沒有嗎，冬天的蕭瑟，冷雨穿透皮膚的顫抖，死前最後幾秒鐘⋯⋯。

他不想聽下去，往前推出空杯，逃遁似站了起來。

你的身上也有，阿紫，很多年前我就看到了。

那妳說說看，我身上哪裡，哪裡有什麼冷冽感？

到處都有，阿紫，勇敢把它說出來。

好了，我還有事要出去，不過今天晚上妳講得太棒了。

蔡紫式回房換了衣服，嘴裡咂著幾口冬茶殘餘下來的苦味。冷冽感？對啊，他想起來了，當他的上半身卡在牆頭上進退不得時，那個伙房老士官的一張惡臉從此纏住了他的一生，那時候誰來注意到這個窮人小孩的心靈，這就是他媽的冷冽感吧。

他打了個寒顫，隨手套上了厚夾克，回到客廳時，才發現一長串的電話鈴聲還在那裡空響著。他抓起聽筒想要掛斷，然而對方說，這裡是蔡莫家嗎？蔡莫是你兒子嗎？

對方還說，你不要緊張，我們還在調查。沒有沒有沒有，你來一趟警察局再說吧。你還要問什麼，來看看錄影帶嘛。殺人，殺人就好辦多了，蔡先生，你到底要不要過來？

蔡瑟芬雖然靜靜坐著，冷冽感凝聚的舌尖卻忽然因為顫動，被門牙咬住了。

3

阿莫喜歡冬天，尤其是起風的下午，可以守在玻璃門內避寒，看到客人來到迴廊下車時，才扳住金色門柄等待著，然後在他們上來之前把門拉開。

一大片的玻璃外可以同時看到兩條街。左邊是人車最多的大馬路，嘈雜的聲音會在綠燈後一路刷過去，其中也許就有幾部車慢慢迴進來卸客；右邊則是小小的靜巷，絕少有車從那邊反向泊過來。阿莫的站班時間便有兩個世界的分野，紅燈時，他就悠閒地瞧瞧從靜巷經過的腳踏車或小狗，直到燈號轉換才又回到他討厭的世界。

但他做得極好，灰色制服沒有一絲褶痕，銅釦一顆顆剔透潔亮，而且只有他當班的玻璃門找不到客人的指紋，不會因為疏忽而讓任何汙漬牴觸到他要的明白透亮。有時他心情好，會在適當時機走到門外伸伸腰，然後一邊注意著從飯店裡面出來的客賓。最遠他還曾經跑到對街的斑馬線口，攙扶一個阿婆走過來，阿婆有氣喘病，在飯店門廊下歇了很久，問他說少年耶你娶某未，你心肝這好，我查某孫仔嫁你好否？

阿婆讓他想起了阿嬤。那天下午阿嬤雖然沒有把小咪趕走，拒絕的語氣卻是聽了就明白的。阿孫仔，世間查某娶未完，你免傷心哦。那件事的落幕就像幾秒鐘的煙火，小咪和她媽媽連夜搬家，任何音訊都沒有留下。他只知道半路出現的阿公和她們母女一起生活過，但再追問下去已經沒有意義了。

對於那件風波，阿莫已經沒有自己的想法。他不再有自己的想法了。父親把他帶來這家飯店時，他也沒有反抗，因為他沒有更好的主張，自從小咪離開後，他已經不需要擁有什麼主張了。

但他的好表現還是經常贏得讚賞，大廳主任會在晨訓場合提到他。你們應該學學蔡莫，他做事多細膩，眼睛多靈活，看到熟客都喊得出掛頭銜的名字，連肩膀上的灰塵都替客人拍走。你做做看，怎麼拍客人的灰塵。是這樣嗎，你是在刷油漆嗎？蔡莫你來示範。對呀，這就是貼心，輕輕撫過去，就像摸女人大腿，但也不能停留太久，你們可別以為真的要拍灰塵啊，我們是在跟他交心。

後來他不拍灰塵了。午後的空靜時刻，認識不久的阿公從計程車下來，門才打開，一股氣流馬上吹來了聲浪：啊你真正咧替人開門喔，實在可憐啦，你老爸真正是有夠么壽。蔡莫把他引到大廳旁的會客區，一時不知怎麼說話，兩手扭在背後，眼睜睜看見他滾毛外套的肩膀上滿是雜混的屑灰。他突然覺得倘若沒有感情，連拍個灰塵也是拍不乾淨的吧。他只好彆扭地站在旁邊，要不就是跑去開門關門，然後穿過透明門片的光影，看著老人彷如獨自坐在大海裡，那張沒有靠背的沙發原是防止客人瞌睡，沒想到他竟然像隻海鷗停在那裡盹了大半天。

母親也來過了，但沒有進來，她在對面商店街的穿廊豎起了衣領，拿著雜誌貼在臉側，像個普通過客那樣隨意瀏覽著，後來停在一家咖啡館門口，直到不見了人影。雖然母親常常來電，繞著生活小事談，總說平安就好，簡單幾句話就把母子兩人的心意完全弄懂了。那麼，母親為什麼還不放心呢？蔡莫想了很久，是因為自己從來沒有反抗而讓她感到奇怪嗎？

兩個小時的站班後，父親不讓他休息，特別疏通了客房經理，讓他兼做樓層服務。於是常有眼尖的房客會在上樓時驚叫兩聲，因為這時的蔡莫突然已經全身雪白，除了開襟的胸口，從頭到腳如同雪人一般，和三分鐘前的門僮判若兩人。他學得很快，早就弄懂了按門鈴的規矩，針對不同客層調配著聲調的高低，也知道普拿疼放在哪裡，找誰調借急用的老花眼鏡，甚至連不合理的要求他也沒有拒絕。

你看你看，我是這麼不小心啊。那個房間裡的女人衝著他這麼叫著。

他被她喚來，看著她撩起浴袍露出的腿彎，一道髮細的刀傷浮在奶白的皮肉上。

他知道怎麼回應，客人都是對的。他說，我們有紅藥水，或者我去拿貼布……。

多拿一個酒杯，她說。

他處置得很好，查出她昨晚單獨入住。他把貼布放在茶几，作勢告退。

她說，難道你不幫我貼上去嗎？

他面露難色，刻意縮退一旁，然而她已抬腿掛上桌緣，那滑開的浴袍驀然袒出了白皙的大腿直至鼠蹊，隱隱漾盪出來的峽灣是他未曾涉臨的海洋。這時他原本想要闔上的眼睛卻不能使喚，因為一股熟悉的痛楚忽然把他的喉結勒緊了，他怯怯地睜開眼，緊盯著腿上那小小傷口帶來的困惑，終於再也顧不得種種訓誡，恍惚間半跪了下來，撕開了貼布，對著那道紅斑輕輕按上。

他還掙扎了很久，想著該不該撿起滑落的浴袍替她覆蓋，最後他決定不要冒險，否則她剛闔起的醉眼隨時會再睜開；至於傷口旁邊，那些彷如每天的日記那樣的一道道正在結疤的舊創，就不是他蔡莫的職責所在了。

幾分鐘後，他再度用著俐落的動作回復了門僮的裝束，匆匆俯在洗臉台上拍著臉，略為撥開了前面的髮線，以便打起精神為他下一班的客人開門。經歷過那個房間的情景，他覺得還是冬天最好，可以躲在玻璃門內避寒，也能天天穿著長袖制服，隨時替他自己掩住手臂上的祕密，否則稍有不慎，一定也會洩露出和那女人同樣的痛楚。

下一輪還是兩小時，回到宿舍剛好六點。他一個人住，沒有人替他把門打開。

•

蔡莫最後的值班，上午十點大廳門僮，十二點零八分失蹤。

大約十一點半的時刻也一直印在蔡莫自己的腦海裡，那時他還瞄了一眼高窗下的水晶鐘，正好一部黑亮大車下來了一對夫婦，門側的泊車哥跟在後面提著行李。

蔡莫開門，歡迎光臨。大門闔回去，車子卻沒有開走，裡面忽然伸出一雙長腿，一片黑色短裙擠出的巧圓臀身，一件捲了袖子的緊身毛衣挺在胸口，然後，短髮下披著絲巾的女孩出現在他眼前。

蔡莫沒有開門。他隔著玻璃看她走來，看她穿著很小的紅鞋子，鞋面紮著羽飾，走起來微微地飄晃，像一隻剛剛飛來採蜜的粉蝶。紅鞋子踢著門，白色粉蝶飛起來。

為什麼不開門？她扠著細腰嗔叫著，一臉小女孩模樣的怒顏。

對不起，蔡莫說。他把門開到最開，終於第一次看到了印在玻璃上的掌紋。

女孩冷冷望過停在住房櫃檯邊的那對夫婦，突然轉回來。

喂，你幹嘛不開門？

他不斷欠身賠禮，想不通自己為什麼恍惚了。

但是她沒走，看著蔡莫不知所措的模樣，反而笑起來。

你很像一個人耶，你知道嗎？

蔡莫本能地搖頭，只知道這時候不說話最好，不像任何人最好。

二宮和也啦，傻瓜，你像豬八戒我還敢說嗎？怎麼不說話，害羞喔，像他不好喔，偶像團體耶，人家是演日劇的大明星說，還會彈吉他和鋼琴。

此後的半小時，蔡莫拉出藏在褲帶下的毛巾，把門上的玻璃全都擦亮後，獨獨留下的清晰指紋就像剛剛那雙淘氣的眼睛瞧著他。他注視著當門僮以來這個僅有的汙點，忽然湧起了莫名的快慰——為什麼昨天不也這樣呢，為什麼沒有汙點的日子還是沒有快樂呢？他頻頻轉視著大廳的動靜，很想知道二宮和也是誰，也很想再看她一眼，看她的紅鞋子，看她有點隨便的講話的樣子。

母親像她這樣就好了，他想。雖然女人的氣質很重要，但每天插花不會悶死嗎？她為什麼不能快樂地走出來。想起回家那天，母親房間的木地板一直傳來滾跳的聲音，那聲音很奇怪，叩，叩叩，叩叩叩，像漫不經心的擊鼓，像一聲聲無聊寂寞的單音。他納悶了很久，那些聲音後來卻又開始翻轉，瞬間飛起來，忽然又墜落下來，他以為母親終於還是想不開了吧，終於瘋瘋癲癲地跳來跳去，然後跳上了陽台……。

十二點整，和下一班的門僮交接大門後，蔡莫已在寢物間換上了白制服。他提著垃圾穿進環保室的窄道，丟完後準備繞過花園走往側門的梯間，這時旁邊西餐廳的長窗卻偎來了一個影子，竟就是那個紅鞋女孩正在對他敲玻璃。他看見她在說話，沒有聲音的嘴型張得很開，兩顆黑眼珠朝著和她手勢一樣的地方流動著。

他看懂了，她要他走到水池邊。

帶我去買公仔，她說。

他雖然還是搖著頭，卻暗自高興那麼快又見到她。

不會吧，你連公仔也不知道嗎？

蔡莫只能沉默，他發覺窗下已有幾隻眼睛朝著水池這邊望過來。服務生，時髦小女生，那些好奇眼光很快會把經理引過來，他趕緊低下頭，剛好又對著她的紅鞋子。

那我完蛋了啦，我一個人耶，他們自己跑去打高爾夫了。

蔡莫轉身往外走，決定從大廳進去，這樣可以顯現他的正直。但紅鞋子跟了上來，他害怕如果兩人同時進出還是會把自己毀了，只好停在樓牆隱蔽處，兩手對她投降。

有空我會帶妳去找，現在請妳走那邊的側門。

騙我對不對，你剛剛還搖頭呢，去哪裡找。

布袋戲偶算不算公仔？

笑死人，你有布袋戲的公仔喔，你自己演喔。

他有戴白色斗篷的史豔文，還有兩個很可愛的小福童。他最喜愛的黑白郎君則被父親扔進馬桶裡。他說：我自己演自己。

那我要看。

他低著頭繼續看鞋，覺得她的腳好白好白。

走啦，不走我要大聲喊囉，二宮和也，二宮和也，二宮……

他讓她在後面跟，越過了靜巷，再轉進前往宿舍的小路時，聽見她嘰哩呱啦講著新來的老爸，講得很急，好像為了發作她的氣喘病似地，臉色白得旁邊酒窩變暗了。

所以呀，上個月我媽就成為他的二宮了。才說呢，我就越來越不喜歡二宮和也了，不過你真的很像他唷，好像還比他好看一點啦，以後我叫你和也好不好？

他們進去的宿舍很暗，打開房門才有床尾灑進來的陽光，紅鞋子脫掉了鞋子，提著它擱上陽光下的窗台。和也，快拿出來，她說。

進門後還獃在一旁的蔡莫，看見她俏皮地彈起食指朝他比畫著，才想起她要看的布袋戲偶。然而那些寶貝其實早已被他鎖在家裡的箱底，反倒是丟到馬桶裡的黑白郎君被他救了回來，藏在這間宿舍的抽屜裡，像是為了保存一份美好記憶，從那天起，從黑白郎君這件事，他開始用這種懷念來恨自己的父親。

哦，原來被你騙了，你好那個唷。她從床尾轉回來，像個累壞了的女主人往床上一趴，靜止了幾秒，終於發出坎坷的哀嚎。他媽的和也，你每天睡這種鐵床嗎？

起來了，我還要回去上班。

拉我。

他從背後拉她兩隻手，上身輕得像被單，摺成一個跪姿貼在床尾上。

還要怎樣？

抱我起來。

他伸手進去攬住腰間，聞到了雪白脖子的香味，這時她的嘴唇突然啄過來，淘氣，出其不意，嘻嘻地笑逗著。他攬著腰往後拉，才發覺她的腳趾其實已經偷偷頂在床架上，這個細微的發現讓他忽然想要從此抱住她。然而回去還來得及，他曾經答應母親要在飯店裡熬到死，何況後來他也把玻璃上的指紋擦掉了。

他走進廁所洗臉，聽見桌上的吉他被她挑撥著，聽得出那是沒有概念的聲音，卻又覺得她撥得很好，彷彿天籟滑落在他的胸間。他忽然想哭，覺得其實那些指紋是不該擦掉的，可惜他擦掉了。他走回來接手，問她想不想聽。

那你彈〈茉莉花〉好嗎？我要跟著唱。

為什麼是〈茉莉花〉？

傻瓜，因為我的名字就叫茉莉呀。她高興得跳到窗下，只有那裡還有極小的迴旋空間。他看見她低頭對齊了腳尖，匆匆撥著短髮，把多餘的毛捲塞入耳背，兩手垂後，兩隻腳尖同時踮了兩下，然後悄悄嚥了一下口水。這時她的眼睛便就開始不看他了，只看著左邊右邊的天花板，臉上的粉白慢慢暈出了紅顏。

好一朵美麗的茉莉花　好一朵美麗的茉莉花
芬芳美麗滿枝椏　又香又白人人誇　讓我來將你摘下
送給別人家　茉莉花呀茉莉花

蔡莫第一次笑著了，看見她唱完〈茉莉花〉的模樣就像一朵茉莉花，腳尖又踮了一下，後面兩隻手也遲遲不放開，連眼睛都還停在天花板上。他很想聽她再唱一次，想聽的也許不是聲音，是聲音裡面有一個模糊的方塊正在融解，好像要把他包圍。

因此他忘了讚美，他聽見她的腳後跟突然蹬了一聲，那沉不住氣的臉孔嗔怒著，一下又跳回床上擠到他旁邊。換你過去，我看你多會唱。

我不會唱歌。

會彈吉他的人不會唱歌喔？

蔡莫告訴她，沒有客人時他會在心裡唱〈雨夜花〉，但老是沒唱完就想起母親。

那多掃興呀，我是想要忘掉我媽才唱〈茉莉花〉。

他們兩人彷彿陪伴著一把吉他似地，從他們坐著的角度剛好看到了窗外的夕陽。後來蔡莫想要下床開燈，被她貼在肩膀的下巴抵住了，然後她指著窗台上的鞋子告訴蔡莫，她一進門就想好了，鞋子是她的紅色記號，她會在他突然動粗的時候從那裡跳下去。

蔡莫沒聽懂，他看見那兩隻鞋子在黃昏的窗台彷彿睡著了。是為了把鞋子放在那裡，才要他開門進來的嗎？想到這裡，眼淚差點掉下來。

可是，你什麼都沒做呀，我現在答應了。紅鞋子說。

兩方父母各自坐在刑事組的沙發對角線上，自稱大隊長的警官阻隔在兩者之間，他要求飯店經理把先前說過的複述一遍，因為剛到的蔡先生也非常著急。說完，他特地看了蔡紫式一眼，他對這個姓蔡的反感到極點，一進門就發火，叫你們局長過來，不然我我我，先擺出來頭不小的威風，也不想想自己的兒子已經捅出了大麻煩。

飯店經理一直站著，他確認十二點交班的蔡莫沒有異常行為，如果要他再說一次，他還是認為西餐廳的庭園出現蔡莫的畫面並不奇怪，畢竟那是丟完垃圾的員工常走的捷徑。就算我不丟垃圾，有時也會經過那裡，他說。

斜對面的老胖子聽不下去。啊現此時講這有啥路用，你嘛咧笑死人。他短腿的膝蓋晃了晃，一副別人的謊言被他拆穿的快感。蔡紫式很想撲過去捶死他。現在總算明白了，對方打球回來找不到女兒，把整間飯店翻過一遍後，就來報綁架案了，最後還把唯一線索歸在阿莫頭上。阿莫怎麼會，阿莫連一隻螞蟻都讓步，怎麼會操她。

他又把桌上的錄像影印拿來看了一眼，覺得畫面裡的女孩未免也太隨便，什麼天氣穿這麼低，不就是抱著老胖子的蹄膀不斷妖哭的那個女人的翻版嗎？他雖然知道瑟芬其實也掉著淚，但她的眼淚沒有聲音，從這裡也可以推論，哭得最大聲的確實是丟了她家寶貝女兒，但瑟芬這種習慣性的眼淚，不過就是思念著被冤枉的兒子罷了。

蔡紫式在他自己的冥想世界找到的，幸好還有這個信念支撐他。當年給兒子取名蔡莫自然也是語重心長，從名字的含意就看得出他尊重歷史的足音：好的千萬別相信，壞的更要唾棄到底，至於人世間的虛情假意，那就要看看老爸是怎樣死裡逃生。

他看了警官一眼，看了老胖子一眼，看了蔡瑟芬一眼，突然想起自己終於登上玉山北峰的那個瞬間，那時從他眼底流下的兩行淚水是混合著失敗與光榮的，是任何人，任何一個喜歡詛咒蔡紫式的人永遠都無法體會的感人畫面。

何況，此刻他更且安心多了——他看著兩個撲空回來的警察低聲報告了一番，警官轉身告訴在場者，蔡莫的宿舍已經搜過了，也採了幾個指紋，但房間裡面看起來乾乾淨淨，很難判斷有什麼可疑的罪跡。蔡紫式特別注意老胖子的反應，果然對方又開始嗤哼著，啊我借問一下，擄肉是擄去宿舍等你警察去掠嗎？

蔡紫式不想再聽，悄悄推了瑟芬一把。

然而她不想走，只有她知道，阿莫真的把女孩帶走了。

她擅長的預感正在怦怦跳動。她不能離開這裡，隨時會有消息進來，好消息是阿莫和那個女孩一起出面說明，壞消息是他被捕認罪。但她相信前者。當照片裡的那雙紅鞋忽然映入眼底時，她感受到的震撼並沒有悲傷，腦海裡重現的是阿莫那天撞門而入的情景，那時他原本驚慌的神色忽然又喜悅了起來，就因為終於知道她只是獨自跳著舞，才發出那些令人疑惑的聲音。阿莫緊緊偎著她，彷彿揪住一個倖存者，在她耳邊絮絮說著她一時無法聽懂的言語，母子兩人後來坐在地板上，然後他看著那雙脫下來的鞋子說：媽，妳的鞋子很好看。

你那麼喜歡紅鞋子啊。

不是，我喜歡紅鞋子穿在妳腳上的感覺。

唉呀，什麼感覺？

我想，就是一種會讓我放心的感覺吧，阿莫說。

現在，她從回憶中找到放心這個詞了，像一雙溫暖翅膀，陪她坐在等待的地方。但她無法把這個發現告訴阿紫，他體會不到這種感覺，與其這樣，讓他煎熬下去吧。

很晚的時候，一抹黑影忽然來到了落地門外，那是脫了外套揮舞著的阿紫的父親，急著想要進來，像隻焦慮的蝙蝠拍在玻璃上。但她發覺阿紫的臉色正在由灰轉沉，渾身不為所動，只是冷冷盯著影子看。她想去開門，也被他的手緊緊按住了，指掌又冰又涼，彷彿低泣那般。

世人皆蠢

要是人人精得像妖精，這個人生世界裡為什麼還有那麼多不堪的殘局。

初診時，醫生還有笑容，問他職業背景，談談家庭也行，或是什麼煩惱使他如此不安。他張望著沒有旁人的白色診間，還是不知道該從哪裡說起。

但既然問得這麼直接，他也很想說說對於植栽的看法，覺得種在門口的金絲竹應該培土了，土塊龜裂得不像話，竹莖都開叉了，還有叢下的雜枝最好也要剪除，好讓根莖修長起來，種了金絲竹不就是為了脫俗嗎？至於為什麼要來就醫，只能說每次散步經過這裡，看到的候診處總是排滿病患，甚至已經認得其中的老面孔，每個都陰鬱著臉，招牌上明明寫著精神科，卻沒看過有人神采奕奕走出來。大概出自好奇吧，他心裡說。

沒想到還沒提起那盆竹子，對方已經捏著聽筒就位，看似不想給他傾訴的時間。他相信這時只要自己不小心發出一個聲音，像無意義的耶、喔、嗯，或只是偷偷嚥著口水，那條急躁的蛇管馬上就會趁隙鑽進衣服裡面遊走起來。

他只好喃喃念著，說他一個人過著平靜的退休生活，然而平靜帶來了折磨，黑眼圈愈來愈深了，偶爾雖然睏進去，醒來的時候還是黑夜，若要再睡，除非等到第二天。說到這裡他就打住了，眼睛直直看著前方，看見醫生的第二個鈕子是補過的，看見找不到病因的蛇管從他背後溜出來，然後對方一度沉吟，又忽然啪啪寫了一堆，沒多久外面的護士便喊他拿藥了。

診斷這麼草率，還相信那些藥丸嗎。何況睡不好也不會死，腦海裡的亂序才可怕，忘記的事情會突然出現，已經記住的卻又轉眼消失；而某些他不認為發生過的，卻因為記憶這種東西一直模糊反覆，好像恨不得隨時把他搖醒，叫他起來穿鞋子，惺忪著眼睛去摸索以前的路。

就說當了十多年廠長這件事，明明是對工作厭倦才要提前退休，這清楚的記憶最近也帶來麻煩，會在他半瞇半抖的眼皮下方忽然把他瞳孔撐開，然後就睡不著了，混亂的時空開始在他眼前紛飛亂舞——難道當初我是被公司裁掉的嗎？難道我要走的時候，那依依不捨的餞別之宴都是假象嗎？

上個月更離奇，混亂的夢中來了個陌生女人，卻滿口說著工廠女祕書的嗲音，然後跟他在以前第三工區後方的休息室裡裸身翻擁著。就算以前曾經曖昧，卻也不像夢中那麼纏綿，沒想到她的體味竟然殘留下來，醒來後還聞得到那熟悉的茉莉花香。

最近的困擾同樣纏人。以前常去的那條巷弄，多戶人家早已遷離，那些平房短牆雖然還是簇擁著，不如說是緊挨著相同命運在等待拆除隊的來臨，這些記憶都沒錯，泥地上那些灰青的雨漬甚至還有他走過的痕跡。那麼既然都遷走了，深夜的迷離睡意中，卻又發現小曼還沒離開，或者說，他看見她搬回來了，小小的庭地一直響起高跟鞋的叩步聲，甚至看見她穿著一襲改良旗袍的側影，那高䠷的身影假不了，那瑩亮的眼色還是那般嫵媚，還從那寬口小院的花間伸長了她白白的脖子，俏皮地朝他勾來了往日一樣的笑顏。

倘若只在夢裡還好，反正思念常有憑空返照的倒影，然而這樣的畫面卻是睜著眼睛看見的。那時他立即拋下胡亂的想像，透夜叫了車子在街區狂繞，好不容易找到那地方，熱騰騰的心思才又荒涼下來：眼前只是一片墓園般的漆黑，久違的巷子沉沉地睡著，多年不見的瘦椰子孤單垂在一管銀白路燈下，只有幾粒晨星依稀閃爍在小曼她家那片黑瓦屋頂的上空。

在診所裡，他想說的就是這些，以後到底怎麼依循，要相信腦海裡看見的，還是漆黑的現場那些看不見的？他多麼希望對方不要看錶，也不要盯著他把自己匆匆講完，即使像他這樣的人生也有幾句話要說吧，何況今天是第四次的複診了。沒想到對方依然只是沉著臉問起療效，聽到所有的藥全都沒吃，忽然惱怒起來，隨手就把他的病歷推開了。他很訝異對方氣成這樣，要不是穿著一身白袍，很想問他演過電影裡面那個駐守邊境的德軍嗎，眼神那麼冷漠犀利，好像已經對他湧起了殺機。

而醫生的這個動作是那麼熟悉——當年最後一次去小曼家，滿手抱著禮盒敲門，她爸爸雖然笑著接手，實則也是這樣悄悄推擋著一股力道堵在他的胸口。那個意思說，你走吧，別再來了。果然不久之後，小曼嫁到了南部，而對象就是那個傳說中的飛官。

那麼，他同樣也被這個醫生拒絕了。你走吧，你先把藥吃完再說吧。

幾天前的深夜終於稍稍動搖了，水杯拿到了嘴邊，想到只要頭頸一仰，整個世界就會沉靜下來，那一瞬間忽然激動得真想抱住自己。已經兩年沒有躺過床，一睡天明的滋味是何等快慰，就像一個病友說的，黃醫師用藥特別猛，吃了保證睡到中午，有一次家人還以為出了意外，又哭又慌地撥開眼皮查看，沒想到那傢伙還搶著閉回去哩。

然而最可怕也是這樣，那些磨損的記憶會趁他昏睡時刻重新組裝，像一頭瀕死的怪獸猛地醒來，然後繼續和他對抗。

他一直在尋找的，反而是一種可以幫他消滅記憶的藥方。

當然，有些往事還是甜蜜的，以前不是沒有幸福的家。每個週末回來，妻子女兒早已守在樓下等待，他遠遠看見時還將提袋甩到了肩膀，然後催著碎步快走，甚至最後跑了起來，像一架滿載鄉愁的客機入境，急著把它疲憊的機首對準溫暖的大廳。

有些溫馨畫面也還記得，一次陪著女兒去註冊，父女難得一起搭火車，兩人分食著初秋的青橘子，那流出的橘汁暈著女兒偷偷搽上的唇紅，看來可愛極了，讓他特別感慨又驚喜。

然而幾天後同樣的行程，一家人參加開學報到後，他才見識到大學附近那窩悄悄租來的小住宅；母女各有一間房，小客廳連著一個簡易廚台，妻子只說她要照顧女兒到畢業，其餘什麼原因絕口不提。他來不及問，兩大箱行李已在眼前攤開，找到歸宿似地一件件擺置起來。

那天晚上只有他一個人回家，火車依然滑入長長的隧道，卻似乎把他關進漫無邊界的黑色牢籠，那時他終於開始嘔吐，蜷著胸窩貼在膝蓋上，等到發作完，才發覺自己的心臟正在怦怦然拍撫著他的背，不斷地拍撫，不斷地拍撫著，好像這樣才不至於讓他感到特別驚慌。

留下來的記憶是這樣不斷地糾纏。

就像躲在大樓後方的那條巷弄，曾經穿梭多少青春時光，早就像一把梳子把他的黑髮翻成了白，如今卻還是以它頹廢的樣貌和他拉扯著，讓他一直沿著夢中的足跡徘徊；如同此刻，離開了診所，禁不住又穿進菩提樹垂蔭的小徑，小徑出去就是外環的天橋，只要跨過了天橋……

他在橋墩下暫且換氣提神，勉強踏上了第一階，發覺還是抓著扶手好。睡不好的壞處也就這樣罷，神氣難集中，兩腳還會抖，好不容易撐到橋中央，看見下面的車陣變成急咻咻的滑板，而前方不斷沖來的簡直就是海浪，浪頭上有喇叭聲，人行道上還有暈眩的笑鬧聲；還有就是，他忽然發覺自己的褲襠底下，竟也在洶湧的潮聲中奔出了一股熱流，它悄悄沿著他的鼠蹊、大腿以及瘦窄的褲管慢慢穿漏而下，直到最後成為冰冷的水灘淹沒在他腳底。

這一瞬間他寧願死。他非常孤單，妻子走了，朋友們也因為他的問題而遠離了。如果可以，多麼希望就從這裡躍下，被一波新來的浪帶走，把他棄置在莫名的困頓中。

他太太在雨中的街攤買了一把傘。無色透明的傘，在一片灰濛中像支蕭條的瘦架子，一路撐著她的矮短身材。她在管理室簽收了過時的文件，管理員還從櫃檯後方提來一袋衛生紙，為難的表情說：「江先生昨天又忘在電梯了。」

她被通知回來處理最近的紛擾。例如自家陽台掉下去的陶盆，砸傷了四樓的紅牡丹；屋頂上正在抽芽的羅漢松，被某某人惡意摘斷了；中庭裡的那棵老朴樹，每到半夜就有人躺在那裡抽菸，而菸蒂直接插在草叢裡；還有就是丈夫長期旅外的某婦人，抱怨她最近不敢單獨下樓，因為有人躲在一個固定角落瞄著她。

所有的嫌疑直指她的丈夫。管理員憂愁地傾訴著：都是一些小事啦，也跟他反應過了，沒想到推得一乾二淨，其實道個歉也就沒事的說。

上週五的晚上是導火線，買了西瓜回來也忘記拿走，流出來的紅色湯汁把梯廂大理石泡了一整夜。社區主委在電話中咬著牙，「很不得已才要請妳出面的，真是沒想到呀，怎麼會變成這樣？」

她把雨傘的束帶收緊，掛上樓梯旁的欄杆，感覺像是來到一戶陌生人家的拜訪。然而她也不想按鈴，皮包裡還有兩年前的舊鑰匙，畢竟這裡還是自己的家。只是來到開門的瞬間，幾根手指不免微顫起來，彷彿捏著自己的卑微命運，直到咔的一聲親耳聽見，像路邊隨意的問安忽然得到應許，心裡才算寬慰下來。

玄關以前就有的玻璃小桌，若不是自己眼花，那上面是水洗上蠟再以軟棉千搓萬揉的晶瑩，在沒有開燈的暗影中活生生幻亮著。詫異中往裡走，以為看見的還是錯覺：該在的東西都在，該換的也都沒換，而最不可思議的，竟然一個男人的客廳看不到該有的塵埃，以致她忘了將皮包放下，忘了自己以前在這裡哭著。她偎著沙發椅背發呆，不知道該坐在哪裡，只能像個矜持的訪客，站在心慌慌的地方等著陌生主人到來。

江先生正在回家的路上。他又買衛生紙了。昨天管理員帶著失物前來按鈴時，他其實已經有了預感，然而看著剛買的東西被一個散漫的傢伙晃在手底，自然是有些惱怒的，於是乾脆搖頭否認就把門關上了。就算忘了衛生紙又怎樣，腦海裡的系統只是慢人一拍而已，有誰的記憶能比實際發生的還快上一拍嗎？從不幸的天橋回來的路上，剛好碰上那個熟悉的輪椅小販，衛生紙便是這麼來的，這影像夠清楚了，怎麼知道回到社區等著電梯啟動升空時，忽然被一首爵士樂的哀淒吸引……。

然而忘了衛生紙不是也很可愛嗎？有人忘不了衛生紙那才悲慘。記性好又能代表什麼，好的壞的通通擠在腦海，到了中年還要猛吃銀杏趕流行，不就像一個人已經撈到横財，偶然掉些小鈔也要拚命撿回來。這是什麼道理，每個人都這麼貪，誰敢說他走過的路全都值得回憶，那是給要走不走的往事添麻煩，明明一個討厭的客人已經走出門檻，偏偏下著雨又把對方留住了。

要是人人精得像妖精，這個人生世界裡為什麼還有那麼多不堪的殘局。

江先生進來了。他驀然發現屋子裡站著的背影，遲疑著要不要把燈打開，卻又覺得那背影的光線剛剛好，不至於黯淡，但也不搶眼，不就是她回來了嗎？他想要不動聲色，卻已來不及往外走，悄悄拐進廚房，然而裡面已經暗了，這時如果往後退就更奇怪，只好困在進退都難的掙扎間，任由一股不爭氣的鼻酸匆匆湧上來。

那矮短的背影卻在他身後走了過來，伸著手搭上他的肩膀，這麼一下反而把他的鼻酸逼成了哭腔。他轉過來對著她，鼻子愈吸愈緊，稍後乾脆讓它鬆開，變成嗚嗚的聲音擠在喉間，彷彿重逢了多年不見的母親那樣地嬌嗔著。

她被他攬住的頭髮只能抵到下巴，耳朵剛好貼近他的喉結，聽見裡面聲波微弱，像一尾失散的魚苗漂浮在涸乾的水沫中；不禁讓她想起他被小曼狠狠甩開那天，那時便是這般委屈地撲倒在她身上，然而那時聽到的胸腔卻是澎湃的滾浪，不像如今再也沒有任何激盪穿流而來，裡面只像一個遺棄的空谷，聽起來孱弱多了。

那時她是他的信差，每次奉命帶著情書進教室前，她會先把封牢的信紙偷偷對著光，雖然探不見一字一句，倒知道裡面的筆跡下著極深的手勁，那是用盡生命傾訴才有的濃烈相思，連空白信封都暈出了墨汁。那時她只覺得可憐又悲哀，還不知道這樣的人後來會是自己的丈夫。而當時的小曼是難以形容的耀眼，女人該有的嫵媚都在她臉上，微微笑起來就能飄風飄雨，善解人意加上一口好聲音，走到哪裡馬上踩遍一群失落的目光，要到黃昏日落兩盞路燈在大學宿舍門口緩緩亮起，那些男生的青澀歲月才算度過完美殘缺的一天。

她卻不知道他的勇氣從何而來，盲目跟著眾人追隨，用家教收入買禮物，從家裡挖錢舉辦小曼的舞會，身上僅有的寶物是小曼幫他撿到的一條混色圍巾，夏天披到肩上，冬天緊緊紮在胸口，直到小曼自己迷上一名飛官，那條圍巾才像一捲油條被他捆在腋下當成了臂章。排隊的傻瓜們逐漸星散後，最癡癲還是他，用情太深也罷，出錢過猛也就算了，竟然跑到人家的空軍第幾隊去理論，惹來小曼把兩箱原封不動的情書打翻在他面前。

他哭得很慘，也只有那時的年紀才有那樣激昂的哭聲，混合著看好戲的熱浪翻湧在宿舍外，還勞駕了兩個舍監帶著擴音器來平息。圍觀者終於散去後，他卻還沒有哭完，拎起紙箱裡的其中一疊，用他氣管裡的最後一股辛酸，對著她這倒楣的信差咽咽泣訴著，「妳看我每次寫到天亮的，她一封都沒拆呀。」

說完了，那快要斷氣的鼻音還是久久不歇，這時，她便是那般不捨地抬手搭住了他的後肩。她矮小的個子或她矮小的心靈所能做到的，至多只能這樣而已，像個跳芭蕾的女生踮起腳尖，聽著他體內悽愴的聲音，然後給他衛生紙，給他濕毛巾；也給他安慰，鼓舞，愛撫，直到最後給出自己的半生。

她回到客廳坐下，看見他緊跟著走來，兩人暫且無言，只能看著窗幔微微鼓起的悶在裡面的風。她讓皮包貼住膝蓋，兩手擱在上緣，指尖翻到皮包底下偷偷扣緊了。她知道自己應該主動開口，專程回來的，不說話還被以為是要住下來。然而怎麼開口，該不該發一頓脾氣，好像已經沒有計較的心情了。砸傷了樓下的紅牡丹，那就賠一盆紅牡丹吧；至於哪個台商太太不敢下樓，莫非一副國色天香，要不然那種指控八成也是過度誇張的寂寞想像。

要讓別人詛咒自己的丈夫還不如她自己來，何況摘掉羅漢松的新芽是避免以後的徒長枝，而半夜躺在樹下抽菸那又怎麼了，有誰不躺在樹下抽菸或是看看星星月亮的嗎？這些芝麻綠豆事看在眼裡也就夠了，她自己的問題都沒有解決，還不是一路這樣過來了。

匆匆和他結婚，一口氣容下了他的荒唐，憑的正是天生活該忍受的卑屈吧。如同她的右腳，母親少給了兩公分，走起路來為了不讓左腳孤伶，它便總是專心趕路湊對，像個安分的窮鄰勉強撐持前面的門顏。左腳踏出時，右腳緊跟著踮起，擔心這樣還不完美，避開別人眼尖只好處處走慢，一路叮嚀好腳別又忘情地跨出去，好讓另一隻蹩腳可以碎步隨行；就像婚姻哲學裡面的扮演，支持他，遷就他，極盡所有能力來原諒他。

總算後來看到了成果，婚後的生活美滿充實，駐廠工作的丈夫每逢週末準時回家，女兒也在呵護的成長中彌補了她自己的缺欠，讓她終於發現平靜的生活好美，每天隱隱浮現的喜悅甚至使她感到羞怯，總覺得自己應該還可以承受更多苦難呢，倘若上天是公平的，她也配不上這麼多的幸福呀。

果然最後還是配不上了。她不知道被他蒙蔽了多少年，接到他們公司的一通來電後，獨自走進那個頂頭上司的辦公室，起初對方只是客套支吾，然而講起她的丈夫立即怒紅滿面，那時她只能愧疚地垂著臉，清楚地記住了一道冰冷的指令，要她回去轉達自動離職的訊息。

半個月後，退休惜別會混在那年的尾牙宴中合併舉行，她隨意夾了兩口菜，掃視著摸彩對獎一片混亂的餐間，確認出那傳說中的女祕書不敢出席，馬上飛車趕往廠務部門，果然看見一張不要臉的女面蒙在桌上哭著。她在門外敲著玻璃直到對方抬臉，那一瞬間周遭突然死靜下來，她愣在原地無法說話，彷彿看見汪著淚眼的小曼也在看著她，那迷魅的分身幾乎沒有兩樣，連一頭長髮也特別垂捲在二十年前同樣的地方。

那樁緋聞過後，她曾經試著重來，開始學習一個女人的精明，注意他的錢，直視他的眼睛，有事沒事聞聞換洗的衣服，唯獨不能看到的還是他的內心。還沒決定離開前，還為他五十歲的慶生挑了一家高級餐館，平常碰不得的料理全都叫來，滿桌熱鬧得連生日蠟燭都來不及點亮。那天晚上他果然吃得很是開心，自從退休真相被她隱瞞下來，暫且敷住了傷口，就像吃著一條蒸魚還留下牠的完美骨架，總算把他活下去的顏面體貼得細膩周全。

但她的話題變少了，說完生日快樂突然找不到下文，眼睛蒙著黃昏色的灰，為了掩飾自己的異樣，坐在他旁邊只顧僵硬地笑著，聽到哪裡便提早露齒，笑過之後忘了合嘴，看在他眼裡反而被說成一個更年期女性提早來到的癡呆。

然而就在她夾著一塊肉送到他碗裡的時候，餐館進來一對嬉鬧的男孩，大的是當兵的年紀，小的還穿著幼稚園背心，隨後一個婦人也跟著出現，臉上搗著手機，一邊對著男孩的聲浪吆喝著。這一照面差點讓她昏厥，婦人的一頭長髮儘管攏在頸後繫住了，往昔的婀娜魅影也已經消失在橫發的體態裡，但那不老的嗓子留住了音聲，曾經眾目沉迷的美人痣還在頰邊記憶著；還有，那忽然間朝她看過來的、重逢卻不相認的眼神……。

只聽說死去的飛官留下了一個獨子，從此再也沒有消息。

她警覺地轉臉一看，才知道丈夫早已放下筷子，嘴角掛著殘渣，整個人彷彿已經墜入思索，一瞬間就被扣留在靜止的時光中。緊接著一個老胖子晃著鑰匙走了進來，肚子圓滾，吊帶是金色的，嘴上的灰色鬍鬚好像用來保護他的悄悄話，一上座馬上暱在婦人耳邊咕唧著，說得那些雜毛噗哧噗哧飛起來。

她悄悄挺住呼吸，用她銀色湯匙刮淨了盤裡的剩菜，嚼著滿口的悲酸慢慢鼓脹起來，只剩兩眼依稀看著丈夫，看見他的眼神還在遠方，只有兩行淚水好像帶回了他的鄉愁，在亮晃晃的吊燈下泛著清溪一樣的光。

那些魚呀肉的撐在她食道裡的，彷彿一路打著飽嗝直到今天。

•

他說他還好。不餓。中午吃多了半碗麵。如果妳願意，電鍋裡面還有饅頭。

她搖頭一笑，很訝異他的語氣沒有雜音，不問她為什麼回來，也看不出獨居帶給他的困擾，一個人可以過得這樣輕鬆自在，應該沒什麼事要她憂煩的了。

別人在電話中的指控是那麼無奈，她甚至想像他快要被人圍毆的樣子，才匆匆趕來，把回去的高鐵訂在最末班，否則現在也可以走了。入夜後的時間忽然緩慢下來，想要起身走走，他卻像個侍者一直陪在旁邊。他說，即將搬走的鄰居問他要不要一個舊型魚缸，他正在考慮放在餐桌左側或是陽台。社區遇到的人都在談妳，什麼時候回來呀，好像妳不回來了。還說著附近新開的一家咖哩飯，那天他是聞到了香味才進去的。

他說話的時候突然有一種甜蜜的腔調，很像男方最後一次的相親，生怕別人忽略他的好，正在壓著柔膩的嗓音說著近況。斜掛在牆上的一把胡琴，是她多年以前從家裡帶來的，彷彿也偏著頭在那裡聽著，不知道聽出了什麼，它會忘了自己也有原來的聲音嗎？

她現在過得很好了，早就摸熟了大學周遭的生活路線，不像這裡的家突然那麼陌生。她在一家服飾店幫忙，每天料理一頓母女兩人的晚餐，假日一位教授會來約她去河邊喝茶，聽他回憶早逝的妻子，由於故事久遠，談起來已經沒有任何哀傷。兩人合起來幾近百歲，卻像一對舊侶重逢異鄉，而她已經不穿以前用來遮蔽的長裙，光裸的小腿沿著河堤快走，像隻躡行的白鷺鷥跳躍在魚訊中，刻意讓他遠遠落在後面看著，看她有一雙焦急的長短腿，在夕陽餘暉中顯得特別蒼涼。但教授還是經常來，來快一年了，知道她很在意腳上的不完美，索性不再治療他自己的膝痛，兩人彷彿進行著河灘上的障礙競走，來到途中各自濕透了眼眶。她是為自己的不幸哭，不知道他究竟哭著什麼，是因為同情嗎？從沒想過同情也有這樣的幸福。

這樣，還有什麼深奧的使命要她留在這裡，她很想出去街上走走，天空已經露出雨後的月亮了。趁著他終於去了廁所的空檔，飛快地在客廳櫃面拂了一手，也走進女兒的房間溜了幾眼，依然不敢相信親眼見到的，那是除非細膩才能打造出來的整潔氣味。那麼，如今他一個人享用的房間，莫不除了乾淨，也一樣沉浸在巧手經營的浪漫氛圍裡……，沒想到推門的瞬間，一股霉味猛地從幽暗中撲來，眼前出現的竟是一個塵封的世界，床上散置著衣架、紙袋和電蚊拍，天花板鬆脫的燈座懸空垂落著，以前蒐集的畫冊、共用的登山用品和相機腳架散落一地，地板到處蒙著一層毛絮圍繞的灰，看似整個家裡的塵埃全都跑了進來。

她正惱怒著腳下的拖鞋踩了一層灰，發覺他的影子已經來到轉角，但他沒有走來，彷彿預知一件謬誤的後果而倚在那裡待罪著。她不知道應該怎麼辦，從她進門開始便一再避開的有關生活細節的交會，現在避不開了。

她回到客廳坐下，無法想像自己受到的汙辱，那個房間她還擁有一半，竟也如同自己的命運被他草草略過了。他直接蹲坐在沙發下的地板，臉上乍現著一層黯影，沉默半晌，慢慢囁嚅起來，說他自從獨自生活以來，根本無法待在房間超過一分鐘。

「只要走進去，房間就會暗下來，就像上次搭火車回來經過的隧道，好像什麼都沒有了，妳知道那種感覺嗎？」

她不喜歡聽到任何東西都推給感覺。她的右腳不會說話，走起路來卻像一直喊著來了來了的樣子，怎麼看都不是感覺，若不像個奴婢一路追趕，那才真的什麼都沒有了。

但她願意聽下去，難得他要說出自己的內心。

「就因為這樣，每天晚上都沒辦法睡覺，只好坐在這裡看電視，有意無意才睡得著。醒來的時候還有畫面，看到就很安心。」

「沒有新聞就放日劇來看，很好看咧，都是以前妳買回來的嗎？我喜歡他們說話的聲音，好像知道我睡不好，連吵架都有體諒的味道，有時還會噓著手勢提醒，吵到他了啦。」

「以為難聽的話就要說出口了，結果都沒有。我雖然半睡半醒，卻好像和他們生活在一起，他們會把氣氛處理得很和諧，犯錯的會懺悔，離家出走也會回來。」

忽然抬起了他的臉，「妳是不是也應該讓我知道，為什麼要離開？」

她移開視線，橫過他剛買來的衛生紙，隔著不遠，管理員轉交的另一袋也擱在原來角落上，恰如一幕默劇朝她數落著。說到日劇，那些曾經一起看過的畫面，如今宛如新的劇情讓他驚喜萬分，難怪小曼永遠都在，日日盤據他的腦海，健忘還算小事，魂早就被那個女人帶走了。

然而他又問了一次，還仰起臉等著她回答，看來是那麼認真，也因為這樣更讓她感到悲哀。為什麼要離開？白白離開了兩年還沒讓他把答案找出來。她把皮包抓得更緊，忽然暗自慌了起來，那桌几底下的藥袋是那麼熟悉，藍白底，楷書字，不就是幫她治療身心症的黃診所嗎？好不容易才走出來，現在他進去了。

•

他看著她身上的細微，兩年前一樣的瘦骨，在她臉頰映出陰影的側面，此刻忽又蹙著憂愁的眉梢，像個微顫的寒月那樣沉下來。如果可以，真想緊緊抱住她，卻又覺得此刻不容許，她的眼睛一直停在那個藥袋上，本來沒有的事情現在變複雜了。

只能說，她想太多了。那種藥他是不吃的，就算裡面加了抗憂鬱，加了鬆弛劑，加了他們作為醫生不容他人違抗的權威，打死他也不要留下這種愚昧的殘疾。說更明白，他不想糊裡糊塗跟著那個德軍去打仗，那是一個多麼龐大的遍布神經系統的戰場，早上就要開始吃青包，大約午茶時間改服一顆神祕膠囊，黃昏過後還有兩包等著他，分別用在前半夜，以及突然不舒服的漫漫長夜。

他把藥袋拿來拆開，還當著她面前數過一遍，一包沒少，證實他的身體毫不需要。

那天他是臨時起意才進去的，回來就把它忘了，頂多牽掛著診所外面那快沒命的金絲竹；後來的幾天連續烈日，沒有澆水卻也沒有死，那龜裂的土壤包裹著的強悍生命簡直就像他——眼壓急速升高的驚恐，太陽穴如一團火球貫穿的劇痛，還有就是無重量感的騰空幻覺，這些可怕經歷都在測試他的耐力，而他也沒有死，沒有任何一聲吶喊。

明知吃了藥可以安睡，他的想法剛好相反，就是抱著要把所有記憶一次消滅掉的強烈意志，才任由長時間的失眠來幫他徹底摧殘。是的，還要什麼愚蠢藥方，現在一步步奏效了，健忘最明顯，恍惚感也替他打發了時間，再來只等混亂的腦海開始陷入遲緩，像一處急瀨慢慢流入淺灘，那裡是水的鏡面，像一潭無聲的深淵，一切正在朝著完全遺忘的方向進展。

誰都以為這是詩人醉酒的境界吧，在醫生看來或許也是生命無望的迴光，卻只有他知道，只要這樣持續下去，總有一天他會看到腦海的真空狀態，那時好的壞的都將全數淘淨，從此再也沒有罪過殘留。啊，那時多像一隻笨鳥忽然調皮起來，飛到了高空，停住，然後失速，享受墜落中那些冰風雪雨的洗禮，最好牠無辜的鳥頭還因此撞上山岩，或者直接倒插在泥田中，從此失去森林的記憶。

除此之外，除了那個無法進入的房間，其餘他都準備好了，為了迎接她回來，時時擦拭著家中每個角落，買最好的清潔用品，照著早安生活節目的主婦祕訣，像隻靈犬也像個奴僕跪在地板上，果然所有看得見的都被他擦亮了，如果生命中的灰暗也能這樣全部擦亮就好了。

還等著妳回答呢，為什麼妳要離開？

從那天晚上的餐館回來，她就不願說話了，顯然問題就在那裡。沒錯，那晚他失態了，一個男人要熬受多少苦痛才流得出那種無聲的淚水，他竟在轉眼間傾注了滿臉。那真是一個荒謬的玩笑，只因為一個熟悉的背影忽然現身，二十多年的思念化作一張臉，匆匆來不及辨識，乍然一見馬上將他推落深淵。最要命的當然還是後來無端出現的豬胖子，晃著鑰匙走進來，一靠近就把全身肥肉端上去，也不想想那是誰的位子，那個位子就算永遠空著也輪不到他這樣直來。

回家後翻來覆去的深夜，特意把那婦人的外貌再放大評比一番，才驀然發現那些眼淚都白流了：那張臉裹著慌張的脂粉，全身肥沃得像個多金庸婦，怎麼說都不應該拿來誤認，以前那雙黑亮的眼睛會變成兩渦死水嗎？那輕淺一笑的神韻又是哪個花癡學得來，像只像一半的臉蛋罷了，不像的一半任誰想要琢磨複製都是徒然……。

看她還是靜靜地坐著，彷彿為了回答而陷入了沉思，他覺得還是不要驚擾好，悄悄拿著外套起身，躡到門口，輕輕開門，這麼輕悄還是引來她的注意。他只好小聲說，我去買麵，妳也應該吃點東西了。

他輕輕關門。門縫最後的一瞥是她起來扭著懶腰的身影，可見她不想拒絕，她將因為珍惜一碗麵的相聚而留下來，如同他為了逼她回來而做過那麼多窩囊事一樣。他渾身輕快愉悅，一直到他搭電梯、昂首走過管理櫃檯、來到亮晃晃的夜市裡，覺得整個腦海就像已經順暢排空的胃囊，很輕，沒有任何一念的雜音，只浮現著等他回家的一張安靜的臉。這個家回來了。他想，如果人在而家不在，那最悲哀呢。

•

他也能想像她不願意閒著，趁他出門馬上走進了廚房，拉出拖把，提著一桶水，然後開始清理他的房間。而一旦做起家事，她就是那樣專注，頭髮都亂了。

房間裡只有窗邊少許的月光，卻難不倒她，她的雙手憑著魚的記憶俐落地游走，當她換過幾桶水的時候，看來一點都不累，還回頭對他說：去看日劇吧，聽到你這樣走來走去的腳步聲，我覺得好心酸，好像剛生完病的孩子正在期待明天的旅行。

她的聲音聽來無比溫暖，像一縷輕紗飄著旋律覆蓋在他身上。於是他果真像個孩子般開始訴說起來，說起那天晚上，一直讓他愧疚的那天晚上，他真的像個狼狽的男人嗎？

她趴在地上推著抹布說：「不要胡思亂想，那天晚上你根本沒有哭。」

對於那兩個嬉鬧中的孩子，她說她的印象已經模糊。至於後面走進來的胖子，「那是別桌客人呀，穿著吊帶褲對不對，那種貨色你還記那麼清楚。」

他愈想愈覺得這樣的對話好美。

可是她一直反覆推移的抹布是沒辦法把地板擦亮的，推過去再拉回來，還是那些塵埃。他很想蹲下來教她，擦地板的方法其實也是關於往事和記憶的，推出去才會乾淨，拉回來等於又把髒東西帶來了。何況像她這樣一面做事還要一面說謊，顯然不是為了乾淨，而是在表達對他的同情。

他需要的當然不是同情。在餐館裡出現的女人到底是誰，這才是重點，這不就是她離家的原因嗎？他不只想要強調那是一個誤會，也希望得到她的諒解。因此他終於鼓起勇氣，把糾纏不清的疑惑說出來：妳再仔細想想，妳真的看清楚了那個女人嗎？

沒想到她毫不猶豫，忽然轉過頭來，專注的眼神是那麼真摯，嗓音也忽然嘹亮多了，「她當然不是小曼呀，你說說看，小曼有的，那個女人身上哪裡有？」

他聽了終於害羞起來。他們夫妻間，這個名字是不能出現的，沒想到她一口直喊，還意猶未盡地誇讚著。那種美是天生的，她說，連我是女人一樣也會著迷。

如果她說的都不是謊言，他覺得這樣就夠了。

他暈陶陶地在煙氣漫天的街攤叫了兩碗麵，整顆心融在暖意裡，掏錢時才發現忘了皮夾，急著往回走，踩空了路緣石的落差，踉蹌幾步後繼續快走，走過頭了，轉身開始跑了起來。

然而門前的踏墊上已經不見了她的鞋。玄關雖然亮著燈，沙發上只留下微陷的坐痕。他跑到房間口，腳底傳來的是黏滯的沙塵，幽暗中的雜物還是原來的樣子，還有那些擰布的水聲也都消失了，到底都是夢幻一樣的悠鳴，像他有一次休克醒來最先聽到的那種微弱音。他一直期待的諒解，還有像他這樣的男人活該承受的困境，似乎同時來到了眼前這一瞬間。

他貼在牆角坐著，總算慢慢回復他的思路，覺得她這次回來過早了；如果再慢幾個月，或者再也不回來，他還是會留出一個完全清空的腦海永遠等待她。當然，以後他再也不想躺到那棵樹下抽菸了，也不希望那位熱情的台商夫人把他的窺視當真，倘若這無知的世界還容得下他的純真，如今也不會有那麼多的紛擾一直把他糾纏了。

他後來還是回到街上，這回總算帶著皮夾，然而已經忘了哪一家的麵攤。

（附錄）

小說一樣的人生

——王定國答印刻文學總編輯

初安民（以下簡稱初）：讀你的小說令人覺得「纏綿悱惻」，某種神祕感，幾筆就把情境、氛圍抓住了，深深勾引讀者的情緒，像跟小說談戀愛似的。在雜誌上發表的幾篇，〈某某〉（原名〈是那麼美好〉）、〈落英〉、〈我的杜思妥〉，還有這次的〈那麼熱，那麼冷〉，讀來真是「冷熱交替」，心情隨之起伏。這是因為你總能抓到人類情感的共通性吧！加上你的小說文字裡有一種淡淡「哀愁的預感」，好迷人的冷靜和美麗，這調性在台灣的作家裡幾乎沒有，我很好奇，你覺得自己的小說傳統來自哪裡？（你以前讀過很多日本小說嗎？）

王定國（以下簡稱王）：小學畢業前我還不知道什麼是課外讀物，但十五歲讀的第一本書卻是齊克果，緊接著是沙特，存在主義在那時代淹沒了我的少年時光，儘管九成看不懂，但總覺得那是我的錯，「對方」一定是要告訴我什麼才出現在那些文字裡的。我開始把做攤販的父母每天給我買麵包的十塊錢換成書，從入夜後的西屯路出發，走五十分鐘，轉進中華路夜市經過一攤攤蚵仔煎、米苔目和擔仔麵的誘惑，才到達那裡的舊書攤。但也不是買了書就走，還要站在燈泡下免費看夠本，看夠了才用那麵包錢買它五本的《幼獅文藝》月刊。

日本小說在我閱讀的分量裡不算多，但我喜歡它帶給我閱讀中特有的安靜感，它讓我放心，讓我覺得倘若世界上只有日本文學也無妨的那種程度，但其實在小說之外，像岡倉天心寫《茶之書》、谷崎潤一郎寫《陰翳禮讚》，我喜愛的反而是這種讓你可以沉澱下來的美感。

我並不知道自己有沒有受到日本小說的影響，但可以確定的是，我的小說經常著重於心理寫實的層面，應該就是日本文學的內斂讓我養成潛水艇一樣的性格吧。

但你相信嗎，五十歲我才去到日本，跟著旅行團，第一站是金閣寺，滿園人聲鼎沸，我卻站定湖邊不走，突然一下子眼淚直流，妻子孩子都嚇傻了，那時我也無法明確回答他們的驚問，只知道心裡一直有個聲音在說：我來晚了。

對於喜愛的事物我會偷偷抗拒著，我一直是這樣的人。

初：你這樣的性情正是你的小說迷人之處，好像得到一個心愛的禮物，並不急著把它打開來，而是左看右看，撫挲半天，等四下人群都走光了，才獨自偷偷地揭開包裝的一角。這種心裡層次的揣摩，就讓禮物（小說）無形中散發出鑽石般的光芒，讀者因此被深深攫獲住了。那麼，從閱讀跨到寫作，你好像不需要人教，自立即成，或許應該說，你的直覺、自信很強，知道自己是可以的。如何開始的？寫這件事。（現在寫小說跟年少時有什麼不一樣呢？）

王：那我就要再談回到十歲的時候。十歲那一年我忽然很強烈的想要擁有一個錢筒，也就是切掉頭尾留下竹節兩端，上緣切個細縫用來投幣的那種。其實那時我根本沒有任何零用錢，父母長年在外奔波，而我寄住在大表姊的裁縫店裡，錢對我而言非常陌生，但我卻又知道，就是因為沒有它才讓我成為這樣孤單的小孩。那麼，我對這個錢筒的渴望究竟瘋狂到什麼程度呢，我當上了小偷。記得那天黃昏剛過，星星還沒出來，我就「失風」了，在鹿港公園路天主教堂旁邊的工廠竹堆上，我被兩個工人架住手臂，他們大聲咆哮笑罵，說早就注意我很久了，既然要偷竹竿，為什麼那麼急，才下午四點就來門口等待他們下班。

後來我才慢慢體會，我一直想要存進去的也許不是錢，應該是一種比硬幣還小的、想像可以每天從心裡掏出來再丟進去的某種神祕東西吧。

四十年後我在誠品通路買了兩個竹製但很精緻的錢筒回家，分送給剛過十歲的孩子，我建議他們不妨丟紙條，把各種委屈憤怒或者孤單全部丟進去，那麼以後如果忽然成為人父就可以剖開它了，我相信在那一瞬間所看得到的，應該就是人生中最純真也最珍貴的自己。我不知道他們做了沒有，或是塞進了多少夜晚的心聲，我只知道以前那個得不到的竹筒裡面，對我而言是一個非常神祕而且溫暖的地方。

你問我寫作是如何開始，剛好讓我想起了這段往事，寫作不就是把廣義的竹筒裡面最沉默的東西慢慢掏出來的動機嗎？我只是沒有寫得很好而已，倘若我有天分與耐心，應該可以把裡面所有的東西都掏出來才對。

後來我不是用麵包錢買了《幼獅文藝》那一類的舊書回來嗎，便開始每天把舒暢、歐陽子、朱西甯等等幾位前輩的某些句子抄在課本上，以便課堂中隨時可以偷偷看見他們。直到有一天，這個習慣被數學導師發現了，他把我拉起來打，打完又把我甩到有窗戶的牆邊，從此留下了我的左眼下面如今還在的傷痕。我從這裡開始寫作。

然後，兩年後的青年節，在台中雙十路的體育館，滿滿一片慶祝會的人海中，我突然以受獎者的身分坐在那裡，恍恍然感到徬徨無依，因為撞過牆的我一時還無法相信自己拿到了小說比賽第一名。活動接近尾聲，一個大姊姊跑過來，她說她是中廣主持人，叫我散會後不要離開，還比劃著等一下要見面的某個樓梯出口。我望著她，忘了回答，現場很吵，她甚至附在我耳朵用著女性的親暱大聲叫著：等一下要訪問呵，知道嗎，你聽見了嗎？

後來我果然走上了那個樓梯出口，但我竟然離開走了出去。

我還不只是錯過那場訪問，此後的這麼多年來，不論在商界或者我其實一直非常關注著的文壇，我仍然還是默默處於自我獨行的狀態中。是我早已習慣讓自己躲藏在一隻竹筒的祕密當中嗎，我就不知道了。你剛剛問的如果就是有關寫作動機那樣的心靈，我想，可能現在我正在做的，就是從事著一種掏竹筒的動作吧，好像捨不得一次把它剖開，而是久久一次，悄悄探入一線鐵絲，然後慢慢的，把隱藏在裡面的東西慢慢的勾出來。

當然，現在寫小說的心情和以前都不一樣了——感覺雖然都很棒，但以前是拚熱情，現在用生命。以前爬格子的速度像印刷，聽得見筆尖在稿紙上沙沙作響，偶爾遇見為了躲雨而提早收攤回來的母親，她會坐在旁邊摺著衣服，一邊說：聽講人隔壁阿村彼個尚細漢的，已經考到國立大學囉。嗯，我現在的寫作麼，是這樣，不論是從泥漿搗灌中的工地回來，或者從滿腦的憂煩中抽身，其實都很難再拼湊出能夠好好寫作的完整時間了。偶爾難得已經打開電腦，敲著比吸菸還慢的字鍵，卻又還是改不掉寫作的癖性，不允許同一個句子出現重複字，不允許自己跟著所謂文字技藝的流行而動不動就在句子後面加括弧；不只這樣，還要求自己要在盡量節制的押韻之外顧及小說的節奏感，至少也要保有一點點文字段落中的音樂性的氛圍，有時便就因為這樣而陷入像是自我毀滅的狀態中，手氣差的時候只能胡謅出幾筆不成行的斷句，渾身迴盪著浪子回頭的焦慮心情。

然而再怎麼樣，到了現在還能寫作那是最幸福的；當我半夜裡突然發現已經抽光了最後的香菸，我的妻子就是有辦法從她的私藏中摸出一包拿來桌上。一個女人明知不可為而又願意突破她自己身為人婦的困境，你說，文學不重要嗎，我怎麼可以不寫。

初：「成名要趁早」，你屬於天才型的小說家，十七歲開始創作，二十多歲榮獲時報和聯合報文學獎，八〇年代初，這兩個獎項，也就足以立足文壇。突然的，你卻往另外的路途發展，你考上公職在法院當書記官，不久又離職，轉往房地產業打拚（以上這一段說法也就是目前可以找到的關於你的一些「標準」記述），但你當時心裡的轉折究竟是什麼？有哪些外在的因素和內在的心境變化，可以跟讀者分享嗎？

王：我沒有念過大學。

退伍後學人家賣房子，看到客人會怕，還沒上門先躲起來。也就是說，我什麼都沒有。我太太那時也不能嫁給我，他們是龐大的味丹家族，自然全家人反對到底。她本來是被安排嫁給醫生的，偏偏殺出我這個流浪漢。她為我頑抗了六年，最後家裡開出條件：因為這個人沒有專長，那就叫他想辦法考個公務員吧。那是什麼魔力我不知道，苦讀一年我就考上了，被派到台北的司法官訓練所參加集訓，每天清晨集合升旗唱國歌，第四天，我從一百多個座位上突然站起來說，我要退訓。

我對體制這種東西厭惡到這種程度，連自己都會害怕。聽說是因為中華民國有史以來沒有一個準公務員是要這樣退出的，終於後來直接把我派到台中地檢處，才開始了上班兼實習的日子。

然而如果我當書記官，肯定會是一個貪官。

實習第二個月時，已經有個撞球店的老闆娘找上我，她說她先生與人鬥毆，被關起來了，希望我幫忙保他出來。在一棵樹下，她塞來一個信封袋，那一瞬間我沒有通過自己的考驗，因為我雖然還強硬的將手扳在後褲帶上，但我知道它在抖。我相信最遲一個月兩個月之後我一定會把這隻手伸出去的，畢竟我是因為被很多人看不起才來到了這個地方啊。

我的書記官生涯其實只有三個月，因為果然很順利的結了婚。

當然，進一步促使我決定離職還有一個重要的因素。後來股票上市的宏總建設，那段期間每兩天就派一個協理來地檢處等我，我穿著法袍坐在台上振筆直書，他則靠在外面窗邊猛抽菸，一等我下來，他就苦著臉，同樣打開那句老話：阿汝好未啦，汝不是答應頭家欲轉去上班嗎？

離開法院後，我什麼地方都不去，開了自己的第一家企劃公司。是小說一樣的人生，才讓我成為小說家吧。

初：「愛情」在這幾篇小說中都占有相當分量，也常常是牽引角色之所以如此行動，背後的最大因果動機。而在你小說裡的「愛」，男人總散發非常「雄性」侵略的特質，女人因而是柔弱接受的一方，在這種張力下，性的描述懸宕著一絲暴力和不安，帶來歡樂的同時也是傷痛的開端。特別在婚姻中，男女之情充滿疏離、追悔、遺憾、對峙，似乎有什麼永遠解不開的結，凝縮在角色內心；而另一方面「歡場」裡的性，雖然充滿花樣、聲色和刺激，但也經常是帶著「疲憊」。男性的孤獨與女性的蒼涼，被你寫得入骨了。你覺得性和愛是何種關係？是衝突？是政治？是妥協？是一體兩面？還是它們可以完全不相干？

王：坦白說，直到現在，我還在意著早年沒有投入鄉土文學的那段空白。以我貧困農村的出身以及家業的破敗，我似乎更有資歷描寫底層人物的卑微，但為什麼沒有寫，說穿了我是刻意逃避那種現場直擊式的表現法，若我寫了，我會在裡面，這樣反而讓眼高手低的我只是更加卑微，若因小說人物的抗爭而削減了小說藝術的成分，我是不願意的。

但要說我因此放心撇開了人性卑微的挖掘嗎，那又剛好相反，表面上雖然寫愛情，著眼點其實為了掀開現代人的苦悶荒原，這是在我個人而言是除了愛情形式之外我無法做得更好的。雄性侵略所帶來的疲憊或哀傷，何止是愛情裡面才有；而女性在我小說裡面雖然是軟弱的，幸好她擁有我想要的靈魂，所以儘管說我擅長描寫男性的霸權也罷，但我在她裡面，抱著一種其實沒有男人也沒關係的想法在疼惜著她們的悲哀。這樣，性與愛當然也就不是我要刻意摸索的，要我拿筆特寫，刻意慢條斯理，或極盡腥色字眼，或乾脆停格下來挑弄性與愛的纏綿，若不是寫得很美，我會不安的。

很奇怪的是，小說中雖然偶有不得不涉之處，也頂多只是寥寥兩三筆，但看過的人竟然都把讀後感集中在那一小段，都說，寫得很那個耶，你是行家喔。

我讓他們脫下褲子，其實只為了要穿回去，因為後面還要忙著懺悔吧。

初：「人生每件事在出錯之前往往都是對的……」〈落英〉以這句話開頭，太有意思了。這句話正是我覺得你小說人物（特別是男性角色）所處的情境，他們往往都走在某種「懸崖」上，一步差錯，就會粉身碎骨。偏偏他們「喜歡」這種刺激，好像在那樣的危險中，才能證實生命真實的存在，他們不想平凡，他們不斷要衝向最高峰。於是小說裡描述男人的許多面目，有殘酷，有欺騙，有落魄，有謀略，互相競爭炫耀（最終是為了女人？為了權勢？），各種人性百態在商場裡競逐。現實中你一定看盡了這一切，轉換到小說，你悲憐著人性的「罪與罰」，你覺得可藉由小說沖淡、昇華它們嗎？

王：著墨於現實面的文學之作不是我的取向，我不是個喜歡說話的人，自然我也不喜歡以說故事的形式來成為一個小說家。然而我也不願以特殊或者艱澀的文體讓文評方家設屬為某某實驗性代表作這樣的牌匾。我一直表現的只是現實的背面，如此而已。在這方面我是謙卑的，我不為自己寫作，也不為眾人，我只為小說人物寫作，替他們發聲，甚至彷彿替他們死。

死亡常常是我設定的主題，其他情節算是鋪陳，都只是在為死亡做準備。我前一本小說《沙戲》寫的便是這種東西，我以為唯有死亡可以喚醒生命，它是除了生命之外無法比對的價值，而我重視這種悲憫帶來的價值。一個作家的基本養成應該也要具備這樣的條件，雖然現代網路興盛，會敲幾個字就想成為作家，但文學其實不是這樣的，沒有感情絕對成不了高手。

至於，你說小說是否可以沖淡或昇華那些人性中的罪與罰，那就彷彿又回到我們為什麼要寫作的種種自我質疑了。就像我說我寫死亡是為了喚醒什麼，也許同樣也會令人質疑吧。我很多民進黨的公職朋友都對我「很好」，他們曾經特別撥時間來讀《沙戲》，蹙著眉頭，因著閱讀而帶來的苦悶完全寫在臉上，讀完之後才算鬆了一口氣，然後開始用一種彷彿脫困的笑聲來揶揄我為什麼要寫死亡。普世價值中的高峰和低谷還是容易讓人望而生畏的吧，死亡一直被視為不潔的、恐怖的，可見現代人的心靈還是大量存在著極脆弱的空間。

初：會這樣問，是因為你目前在商界的成就，彷彿什麼都不缺了，你卻仍沒放棄寫小說。它們二者在你心中占著什麼樣的位置？相對於你事業上的「報酬率」，寫小說實在是傷神又費心，「所得」極少，然而我看你的每一篇小說，都可以深深體會你對創作的鍾愛，似乎商場的成功，並不影響你對小說的態度。這很難得呀！

王：成為建商之前，我做的是廣告企劃。房地產的廣告很簡單，每個案子的規劃重點、建材設備和地段資訊，只要定案就能從頭用到尾，唯一需要我費心的是每篇廣告的標題，但這方面我相當自負，總認為只要看完我的標題，就應該已經浮現出購買的決定。

報酬率嗎？我的字，很可怕的，一字一萬元，這還是一九八八年之前的「王定國行情」（後來轉型成為建商才收攤），而且約定除非發現錯別字，否則不能改我的字。我那時候的囂張氣燄，打死也不可能成為一個溫柔敦厚的小說家。然而就是有很多人喜歡我。後來成立永豐棧麗緻酒店的那位董座，還曾因為殺價不成，氣呼呼的從他會議桌上跳起來，我以為他終於要下逐客令了，結果是他自己摔門走出去，十分鐘後才回來和我簽約。

到現在我才透露這段往事，自然已經沒有炫耀的嫌疑了吧，我要說的是，當我如今每次從公司回來，偶爾打開電腦，用我不熟悉的指鍵，一個字，一個字，慢慢敲出多年以前就停頓下來的最愛，我就覺得我大概是在向文學贖罪吧，或者說我是藉著文學重新找回那個可愛的、孤單的我吧。

文學裡面是沒有報酬率的。

沒有見過面的楊照先生，去年突然在他的專欄文章裡提到我寫過的一本書，結尾他寫了這段文字「之後，還沒有忘情文學、忘情小說，繼續依違於理想的閃亮與幻逝之間，究竟是什麼力量，或什麼執著，讓王定國成為這樣一個極其稀有、極其特別的人。

一直到今天，我都還好奇著這個問題。」

我可以一併在這裡回答嗎？偶有稿費單寄到家裡時，我太太會特別跑到銀行換錢回來，然後悄悄放進我的床邊抽屜裡。她期待我會看到，而且有時我也刻意看著一次又一次，相對任何數字而言，只有抽屜裡的稿費才能讓我看到自己的靈魂。

初：你的回答讓我回憶許多年少往事，你一定也不會遺忘的。我們這輩喜好文學的，當時雖然資訊很少，但從不缺熱情。我想起「陽光小集」還有我們聚會的夥伴，向陽，苦苓，劉克襄……，我也還留有那時對你的印象，不多話，總是沉默地一旁觀察著什麼，眼神很堅定的一個人。那「可愛的、孤單的我」，不就是每個寫作者最初的神情樣貌嗎？多少年過了，大家也都經歷各自的風各自的雨，如今尚能以文學相聯繫，算是沒有違背初衷吧！你仍保有當年那個雖壓抑卻熱血的靈魂，台面上雖然經商，但在台底下也一直默默「挹注」關心著文學，你究竟是個有心人哪。這些，我認為也得讓不認識你的讀者知道一點，是誰讓你做那麼多呀？

王：別看我好像滔滔不絕，世俗的皮相我反而不擅長應對，尤其你用了「挹注」這種字眼，我會害羞的，何況我真的沒有做到什麼，比起當今那麼多前輩後進隨時不忘付出文學末端的啟蒙授業，我應該對自己的默不吭聲表示愧疚才對。儘管很多人憂心文學市場好像正在失速墜落，但我是看好的，你們不就是無論如何也要把文學緊緊撐住的人嗎。文學世界裡那麼多人如今一樣還在奮鬥著，大抵都是為了要在漫長旅程中追求到那一分最後的美。

倒是你突然提起往日的「陽光小集」，我的感觸反而比較深。

我作為一個商人而不庸俗，已經超過三十年。

不要想太多，這裡沒有誇口的意思，你聽過台灣哪一個房地產業者還在三更半夜寫小說嗎？是什麼偉大使命要我這樣，沒有的，就像沒有任何人逼迫當時二十幾歲的你們要成立陽光小集，還勒緊褲帶開了那家位在中興大學附近的文學書店。

那麼，要說我憑什麼不庸俗，那就順便談談這家書店和我的因緣。我覺得任何人生理念的奮鬥總有一個最難的收尾，書店關門這種事應該也要算在內才對，那些書何止是你們的血汗錢，那些彷彿越搬越多的書量是會把一個人的理性擊垮的，何況它們遠遠超過了一大票台灣優秀詩人的全部體重。

那時你們都是陽光同仁，只有我不是。你們都是詩人，我則除了寫點不成熟的小說，還要忙著跑單售屋來餬口。唯一堪可告慰的，那就是你們每位都是出錢的書店股東，而我幸虧沒有那麼慘。

我記得陽光小集需要四十萬，或者說，股東一致認為那些剩書值得四十萬。四十萬在那時候，大約就是中興大學過了南門橋，往大里直走，到了霧峰的吉峰村，不殺價也買得下來的一棟平房別墅的價錢。那時我還沒有多餘的錢，但我一聽到消息就跳出來把它接下了，卡車到的時候，我還不知道以後的命運，司機聽到我要把書載到爬樓梯的成功大樓，馬上踩斷了他的菸蒂，非常痛心的把我摟到胸口說，阿揑啦，你添三百意思意思，啥咪苦攏我來。

我這輩子應該再也沒有機會突然一次擁有了這麼多書。而所謂的「成功大樓」，也就是《台灣日報》一位廣告記者自營的傳播公司所在地，現在已經忘了第幾個樓層，只記得通道很小，格子般的規劃中有人開印社、書法社，有人養狗，也有退休老芋仔乾脆當房間住下來的，但大多數人都嫌它沒落而搬走了。這個朋友借我箱子一大堆，讓我可以分批把書鋪滿上面，弄好之後剛好全部擋住了他們公司的大門口。

陽光小集解散後，留下我一個人在這裡賣書。

從大樓搬出去的遠比好奇走進來的還要多。怎麼賣，選在人事版登分類廣告，文案自己寫，一行九個字，空格照算錢，寫多會心疼，寫少沒人疼，只好連標點符號都棄用，勉強就我平素拉雜所學，每個字看起來嘔心瀝血，務求把我的售書情懷充溢字間，甚至連稍嫌不堪的懇求之意也都表在言中。

我為什麼要說這些，如果要讓我輩知道，應該不會保留到今天。我終於願意主動說出這段往事，心裡想到的無非就是來自多數讀者對王定國的陌生，才有這樣想把一個超級可愛的文學祕辛公開出來的念頭。一般讀者看排行榜買書並不奇怪，從知名度找作家也是人心之常，但我想讓他們知道的是文學不只這樣而已，現代文學在陽光小集那年代就一路走來了，還不包含半途歸隊的、自立門戶的、成日把文學塞進肚子而越來越蒼白的，但文學所能啟發的巨大心靈在人生任何一個方位中其實都是存在著的，我鼓起勇氣敘述陽光的難能可貴或是我的熱愛癡狂，只是為了想要印證一個作家的誕生，是走過了多麼漫長的歧路才忽然來到書店呈現在你的面前。

如果不累，不妨繼續聽下去吧，十個月後我還沒把書賣完呢，第二年的某天下午，人家都下班了，而我只是忽然想要撒泡尿而已，但我終於趴在地上，像個黃昏出擊的匍匐士兵，爬了五、六分鐘才攻下一座幾步之遠的小便斗。我的椎間盤沒有過去的病史，台中的榮總反而據此認定這是應該緊急開刀的案例。我沒答應，因為妻子還沒到手，何況她的醫生哥哥也曾經悄悄來過了，壓低了帽子，拿出那時的百元大鈔，選了兩本勵志文集八十元，我送他到樓下，手裡緊緊捏著被他推拒的二十塊錢；凸出的椎間盤害我走得很慢很辛酸，我看著他坐上了計程車，情急之下趕緊伸手朝他揮搖著，沒注意到捏著的餘錢突然滾落了下來，其中一個還像飛輪般滑到底盤下面，好像是要為我擋下即將絕塵而去的引擎聲。

我瞭解不到那時他的心思有多煩雜，倘若我自己也有個妹妹，而我妹妹儘管天生麗質卻也天生不要臉，那我怎麼辦，我同意嗎，我會開口嗎，我會說，嫁啦嫁啦，伊寫小說一定穩達達啦，妳看伊坐置冊頂咧想代誌，敢無親像觀音咧坐蓮花嗎？

計程車消失後，我回頭走，上身攀著樓梯扶手，右腿只能賴在下面拖行，既然走得慢，腦海就多出了時間，想著不開刀會怎樣，寫小說用得到腿嗎，我只是忽然覺得配不上書堆裡的這麼多國內外作家而已啊，想到這裡才終於忍不住眼淚，且在心裡狠狠的大哭起來。

我覺得一個男人過了四十歲就不用再鬼扯了，他如果擁有光芒那就應該很早就有，譬如他敢愛，懂得承擔，不怕死得快，只要夠精采。從小我學習的就是這種東西，沒有人教也無所謂，寂寞不就是沒有預兆而人人都有嗎，只有孤獨這種質感才比較麻煩，因為每個人對孤獨的運用各有不同，像我的話，十歲就當起那個小偷了，然而我只是想把孤獨丟進竹筒裡面而已，沒想到二十年後，四十年後，我還在把它當《聖經》一樣的放在身邊，為了成為一個不庸俗的商人而默默努力著。

對不起，只為了表達自己不庸俗，竟然說得這麼多。

初：你雖不直接寫房地產業，但多篇小說的人物，隱約還是可以見到這個背景，不管是主人翁或其他角色。房地產業，可以說是台灣整體經濟從上世紀八〇年代迄今，一項指標性的產業，整個台灣社群曾為之「暴起」或「暴落」，這裡頭有最深最幽微的人性試驗。而你寫的小說，我每每看見的，最後總是鋪陳出人性隱藏著的那麼一絲絲善念與良心，好像現實無論如何殘酷，只要有人肯做出犧牲，就可以挽回人性的傾頹。有關於小說的救贖可能與否，前面已經問過，我這裡要說的是，你見證的這一段不只是台灣的經濟，也正是台灣政治的轉向轉型期，這裡頭有太多太多可以被以文學形式寫下來的，我覺得你正是最有資格來寫的那個人。我問得直接一點好了，你為什麼不寫？寫那些糾葛的政商，那些轉型時被犧牲的正義？當然你有你的「禁忌」，但當年你都敢在報上登出那些批判式的一系列文宣，小說當然也可以處理這些，而且可能更好不是嗎？

王：台灣經濟與政治的轉型，嗯，我先談談後者好了。三十歲那年結婚的第三天，新婚妻子被我帶去台中的光復國小外操場，記得那天晚上是黨外三劍客帶隊的抗爭活動，那時還是國民黨最好混的年代，隨便一個聚眾滋事的罪名就能把人抓走，現場人聲沸騰，鎮暴警察一路踏著鐵鞋，敲著盾牌開始逼近驅離，小夫妻兩個隨著群眾當街坐地，其實心裡怕得要死，但那也是我們沒有去蜜月的原因。

後來我就開始寫起散文體的「商戰紀事」，以商人角度批駁政權的顢頇與不公義，每個月在《自立晚報》副刊發表一篇，聽說很受注目，那時主編是林文義，稿子送到立即發刊，好像我寫的是烽火連天的戰地號外似的。

再來就是第一次的總統民選，我從那年投票日往前反推，逐日直擊台灣政治所面臨的巨變一百天，也就是後來以札記型態成書的《憂國》。

這本書也是我的寫作涉及政治的最終完結篇。為什麼？那時我才四十歲，血脈裡的反骨還硬得很，沒有把國民黨推翻是絕不罷手的，根本不顧慮自己的商界之身會招來多少意料得到的困擾；這麼說吧，我忽然逐漸感覺到了自己身為台灣人的厭煩，這種感觸很可怕，很像一個熱情過度的傢伙第一次嘗到狗吠火車的那種失落和迷惘。雖然幾年後國民黨真的下台了，然而和許多熱血青年那樣，我們以青春精力以及絕大多數人不能體會的種種揹負，難道為的只是看到某某垮台嗎？台灣政治是轉型了，然而好像轉型成為一個沒有政府的國家，兩個主要政黨都成了反對黨互相敵視著，這是台灣人的選擇，品味就到這裡為止。四十幾歲的一個生日夜晚，我便跟家人說，我想去台西把外傘頂洲買下來，以後你們每個月搭船來看我一次，只要記得帶書來。

我可能說得離題了。

那麼，既然我願意費心傷神的寫政治，為什麼反而沒有把最熟悉的房地產好好寫進小說裡？

我記得最早提起的是小說家東年。寫啦寫啦，亂寫嘛無要緊啦，汝這種物件啥人有，啊無汝欲寫啥？

在這裡回答也好，我要說的是，房地產不是我尊敬的行業。要我寫的話，我寧願挑房地產邊緣，像帶孫子來看屋的阿婆，像站在接待館外不敢進來的小夫妻，或者類如〈落英〉裡面那個撿狗屎的，撿到當上總座的那傢伙的一生。

一個我並不尊敬的行業，一做三十年，卻沒有一篇屬於它的小說，是啊。寫愛情我會快樂。以前寫一個孤兒捧著骨灰坐火車，還沒寫完已經激動不已。也寫過一個聾啞青年看著兩個男人毆鬥而開心笑著，以為只是鬧著玩，直到他們臉上全都流了血，他才在北上的車廂裡大聲嚎哭起來。

小東西可愛多了，要我來寫龐大的、使人致富的、帶動台灣經濟轉型的這一個我從來沒有感動過的行業，坦白說，我的修行還不夠，下筆也許會很重。

我用一小段經歷來回答這個疑惑也許比較耐人尋味。

四十七歲那年，我在台中港路完成了一棟辦公大樓，準備投入某公營單位對外招標的十億置產案。那時景氣不好，而我非常需要這筆錢。投標後，開始有各種雜音陸續傳來，有建商買通官員提前拿到了使用執照而插隊搶標，有號稱調查局外圍的親信來試探佣金多寡，而到了決標前兩天的晚上，我被約到一家隱密的私人民宅，在場的是該單位的經理、與民進黨交好的名醫以及某某一些穿針引線的傢伙。他們問我外套裡面有沒有錄音機。

他們沒有說數字，但請我考慮一個晚上，隔天再開口。

我沒有後續的任何動作。通常在那樣一種齷齪的情境裡，我那屬於文學的王定國是不許我成功的，他躲在別人看不見的心靈中，完全把我卡住。

三天後，我接到了電話通知，對手真的得標了。

我還記得聽完電話的那個時間，公司還在上班中，我叫大家提早下班，甚至還不放心的走到櫃檯，遣走了最後一個還沒離開的助理，親自關上大門，回到自己的房間，然後對著科博館園道上的黑板樹，一個人開始放聲大哭。

我那個大房間現在是王品的餐館，每晚座無虛席，好像我從來沒有待過那邊。

——原刊於《印刻文學生活誌》二〇一三年六月號第一一八期

文學叢書 378

那麼熱，那麼冷

作　　者　王定國
總 編 輯　初安民
責任編輯　陳健瑜
美術編輯　林麗華
校　　對　吳美滿　陳健瑜　王定國

發 行 人　張書銘
出　　版　INK 印刻文學生活雜誌出版有限公司
新北市中和區建一路249號8樓
電話：02-22281626
傳真：02-22281598
e-mail：ink.book@msa.hinet.net
網　　址　舒讀網http：//www.sudu.cc

法律顧問　巨鼎博達法律事務所
施竣中律師
總 代 理　成陽出版股份有限公司
電話：03-3589000（代表號）
傳真：03-3556521
郵政劃撥　19000691　成陽出版股份有限公司
印　　刷　海王印刷事業股份有限公司

港澳總經銷　泛華發行代理有限公司
地　　址　香港新界將軍澳工業邨駿昌街7號2樓
電　　話　(852) 2798 2220
傳　　真　(852) 2796 5471
網　　址　www.gccd.com.hk

出版日期　2013年10月31日　初版
2015年 9月20日　初版六刷
ISBN　978-986-5823-46-7

定　價　330元

國家圖書館出版品預行編目資料

那麼熱，那麼冷／王定國 著；
--初版,--新北市中和區：INK印刻文學,
2013. 10　面；　公分.（文學叢書；378）
ISBN　978-986-5823-46-7（精裝）
857.63　　102020410